日光圍巾
非馬新詩自選集

第四卷 **2000-2012**

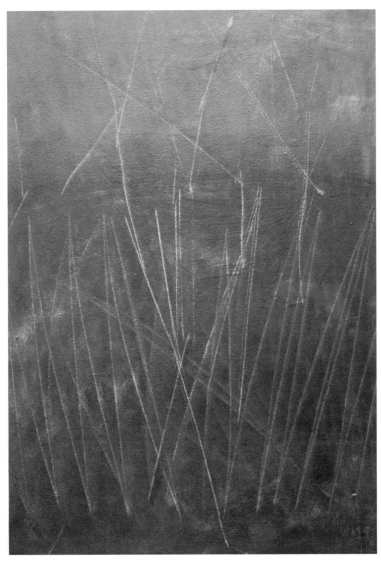

非馬畫作：夕照，41 × 51cm，油畫，1991

非馬畫作：我的蒙娜麗莎，41 × 51 cm，油畫，1989

非馬畫作：月下少女，41 x 51 cm，混合材料，1992

非馬畫作：春，28x36 cm，丙烯，1996

《非馬新詩自選集》總序

　　每個作家都有出版全集的心願，我自然也不例外。但這心願對我來說，實際的考量要比滿足虛榮心來得多些。我常收到國內的讀者來信，問什麼地方能較完整地讀到我的作品。雖然近年網路興起，除了我自己營建的個人網站及部落格和博客外，許多文學網站也陸續為我的作品設立了專輯，但這些畢竟沒有白紙黑字讀起來舒適有味道，更沒有全集的方便及完整。秀威出版的這套四冊自選集（約佔我全部作品的四分之三），雖非名義上的全集，卻更符合我的心意。我想沒理由讓那些我自己都不太滿意的作品去佔據寶貴的篇幅，浪費讀者寶貴的時間。何況取代它們的，是一些精彩的評論及導讀文章。

　　我認真寫詩是在我大量翻譯歐美現代詩以後的事。上個世紀的六、七十年代，我在《現代文學》及《笠詩刊》上譯介美國當代詩，後來又擴及加拿大、拉丁美洲和英國詩人的作品，還有英譯的土耳其、法國、希臘、波蘭和俄國等地的詩。在翻譯過程中我得到了許多的樂趣，這些詩人的作品更為我的生活與寫作提供了豐富的營養。最近幾年常有台灣及大陸的年輕詩人對我說，他們在中學時期便接觸到我的詩，受到了很深的影響，有的甚至說是我的詩把他們引上了寫作之路。對我來說，他們這些話比什麼文學獎或名譽頭銜都更有意義，更使我高興。這是我對那些曾經滋養過我的詩人們的最好感恩與回報。

　　我希望我的每一首詩，都是我生命組曲中一個有機的片段，一個不可或缺的樂章。我雖然平時也寫日記，但不是每天都寫。有時候隔了一兩個禮拜，才猛然想起，趕緊坐下來，補記上那麼幾筆流水帳，無味又乏色。倒是這些標有寫作日期的詩作，記錄並保存了我當時對一些發生在身旁或天邊的事情的反應與心情。對我來說，有詩的日子，充實而美滿，陽光都分外明亮，覺得這一天沒白活。我深深相信，一個接近詩、喜歡詩的人，他的精神生活一定比較豐富，更多彩多姿。這是因為詩的觸覺比較敏銳，能讓我們從細微平凡處看到全貌，在雜亂無章的浮象中找到事物的真相與本質，因而帶給我們「一花一世界，一葉一菩提」的驚喜。特別是在人際關係越來越冷漠的今天，一首好詩常會滋潤並激盪我們的心靈，為我們喚回生命中一些快樂的時光，或一個記憶中的美景。它告訴我們這世界仍充滿了有趣及令人興奮的東西，它使我們覺得能活著真好。我常引用英國作家福特（Ford Maddox Ford，1873-1939）的話：「偉大的詩歌是它無需注釋且毫不費勁地用意象攪動你的感情；你因而成為一個較好的人；你軟化了，心腸更加柔和，對同類的困苦及需要也更慷慨同情。」能寫出幾首這樣的詩來，我想便不至於太對不起詩人這個稱號了。

2011年4月12日寫於芝加哥

目次

2010年代

附錄一

附錄二

2000年代

呼氣

這陣溫柔的風

想必來自你

一個甜蜜的嘆息

此刻正誘使花兒

紛紛吐露芳香

並激發陣陣幸福的微顫

在葉子同我身上

沙沙掠過

癢

搔不勝搔的
癢

後院的老樹
突然又少年了起來
對著初春明亮的天空
猛擠
青春痘

凱旋門

從冰雪中挺過來的
街樹
更能體會
烽火的殘酷
以及旗鼓的虛張聲勢

此刻它們用枯槁
卻已顯露綠意的手臂
沿街搭建
一座座
名副其實的
凱旋門

用鳥語花香
迎接春天
溫馨歸來

隕星

——悼墜樓的詩人昌耀

轟隆轟隆
用大得不成比例的
體積與重量
直直向你撞來

每次
你都奮力舉起詩筆
嘩嘩把它撥開

但這一次
血跡斑斑傷痕纍纍的你看到
猛衝過來的
竟是生你育你愛你的
綠色地球
你頓時拋去詩筆張開雙臂
用倦鳥投林的姿勢
在夕陽血眼的見證下
擁抱母親

伊媚兒屠城記

笨重的木馬

只能騙騙

沒見過世面的

特洛伊人

要讓二十一世紀的精靈們

打開心扉

只有使出絕招

差遣太虛幻境的伊媚兒

捧出芳心千呼萬喚

我愛你……

附注：近日全球各地許多電腦系統遭受一種名為「我愛你」病毒的侵
　　　襲。這種擴散迅速的病毒是透過標題為「我愛你」並附有情書的
　　　電子郵件（伊媚兒）傳播的。它使我想起古希臘人用木馬賺開城
　　　門，攻下特洛伊城的故事。

蘭園
──新加坡遊之一

只有在這個
四季皆夏又相當潮濕的國度
才能培養出這麼多
爭奇鬥艷的品種來

它們無法不美
無法不一個個
出落得冰清玉潔
這裡，土地比黃金還貴
何況明文規定
不許有污泥

雲頂酒店8129號房

——馬來西亞遊之一

這樣的高度
同平生見過的摩天大樓相比
自然算不了什麼
但也因此免掉
高處不勝寒

早先在窗外
探頭探腦的雲霧
都已散去
此刻的南國午後
內外是一片清明

從碧綠的午睡中醒轉起身
我驚喜發現
自己
竟同不遠處的群山
平起平坐

夜間動物園
——新加坡遊之二

> 夜裡我們的想法不同
> ——高克多

樊籬消隱
黑暗給了牠們
無限的空間
漫步覓食輕輕摩觸或靜靜躺伏
白天的焦躁咆哮
此刻溫馴清涼
如星與燈疏鬆的對話

環園覽車沙沙的輪胎聲中
不時泛起了
壓低的歡叫
當狩獵者捕獲
嵌在枝椏間
一對眼睛的閃爍
或水獺滑落時
激起的一片水光

萬象館
——新加坡遊之三

不管是紅是黃是藍是白是黑
在藝術家的大調色板上
都一樣鮮麗奪目
都是描繪
栩栩如生的人間萬象
不可或缺的重要顏料

就在我們歡喜讚嘆的時候
一段幾乎被遺忘了的鄉曲
裊裊自舞台上響起
頓時
燈火通明萬頭攢動
在迎神賽會的戲台下
紛紛尋找
被人潮擠散了的
自己

後記:新加坡萬象館位於聖淘沙島,館內陳列著栩栩如生的各種雕像造
　　　型,利用聲光新科技,生動地再現了這個移民國家在多元傳統文
　　　化融合下豐富多彩的生活方式與風俗習慣、活力充沛的歷史與和
　　　睦相處的人民。當我看到正在一個舞台上演出的潮州戲時,竟有
　　　進入時間隧道,回到了兒時故鄉的幻覺。

超光速

我老早就在你的身上
發現了超光速
這無可置疑的科學證據

因為你總清楚知道
我所要說的每一句話
在我開口之前

附記：據剛出版的《自然》雜誌報導，美國普林斯頓的物理學家們最近
　　　用實驗推翻了「沒有東西能以超光速行進」這個自然鐵律。他們
　　　讓一個激光脈衝（laser pulse）通過一個充滿銫原子氣的玻璃容
　　　器，發現脈峰從另一頭穿出時，原來的脈峰還沒完全進入容器。
　　　但也有人說這穿出的光可能是激光同銫原子相互作用而產生的，
　　　並非原來的光，所以光速是速度的極限這一理論並未被打破。無
　　　論如何，他們能設法在光還沒抵達之前，便產生一種看起來同光
　　　一模一樣的東西，這本身便是一個相當了不起的成就。

觀音
──馬來西亞遊之二

法力再無邊
到了這裡
也只能低頭
憋氣
連腰都不敢
伸

附記：聽說當年檳城極樂寺籌建觀音塑像時，原來的計劃是一百二十
　　　尺，因高度超過當地的回教堂，結果被縮減為八十尺。這使我聯
　　　想到，該國為了照顧馬來人而設立的一些法律，使華人無法像新
　　　加坡的華人般人盡其才，委實可惜。最近接到當地一位友人來
　　　信，說現時情況已有所改變。原因是去年大選，執政黨靠華人票
　　　重新獲得三分之二多數席位，政策因此放寬了些。而已倒塌的舊
　　　觀音，也將由更高更大的新觀音取代。可見要改變華人的處境與
　　　政治地位，途徑是很明顯的。

以心還心

在這個二十世紀末
天方夜譚的文明國度
人們彬彬有禮
柔聲細氣
生怕有一天
有人指著他大叫

法官大人
是他
他用他的話
傷了我的
心

附記：一個住在沙烏地阿拉伯的埃及人，因六年前潑灑酸液傷了另一個
　　　埃及人的左眼，最近在法庭的命令下，被強制送進醫院摘下一
　　　眼，成為該國四十年來頭一個活生生的「以眼還眼」的刑例。
　　　（路透社，2000年8月15日）

尼加拉瓜瀑布

向記憶的天空
嘩嘩潑墨
奔騰而下的
總是那一大片
蓋不住塗不掉
震聾了的
白

情色網

赤條條光裸裸

這群後現代女人

沒有琵琶可抱

只好用自己

虛擬金色的頭髮

半遮

虛擬豐滿的

乳房

扭腰擺臀

在密密麻麻的網裏

引誘一尾尾

不眠的

魚

秋3

爭奇鬥艷招蜂惹蝶的日子
終於過去

望著開闊澄明的天空上
那朵朵悠閒的白雲
他不禁啞然

此刻一陣雁啼劃空而過
應聲而起的
是一位浪跡江湖的過客
揚長而去的
豪笑

歡喜佛

百無聊賴
一瞥見一雙男女
從陽光的外界
踏進幽暗的博物館
泥塑的歡喜佛
馬上興奮起來
開始例行的
現身說法

心事重重的男子
卻擺出一副
四大皆空無動於衷的模樣
直到觀察入微的女子
抿嘴而笑並偷偷指出
那歡喜的根由
才豁然開朗
而龍心大悅
而皆大歡喜

小黑驢

從稚嫩的脖子
到堅固的木椿
到指點的食指
到蒸騰的熱鍋
到餐桌到筷子到嘴到胃
到無底的慾壑與高高疊起的鈔票

小黑驢
就這樣一路被有形無形的繩子
牢牢綑住

只有牠那雙
又大又圓的眼睛
不受拘束
在那裡
衝撞奔突

白狐狸

還來不及修煉成精
就被他們七手八腳
捉進鐵籠

不然妳只消
輕拋一個媚眼
他們便都神魂顛倒慾火焚心
爭著打開籠門
攬妳入懷

後記：食在廣州，果然名不虛傳。除了四隻腳的桌子不吃外，廣州可謂
　　　什麼東西都吃。我們來到廣州郊區的「花地酒樓」，有如走進水
　　　族館、飛禽公園、動物園三合一的食肆。各色各樣的海鮮與禽
　　　獸，或游於水，或囚於籠，任憑食客挑選。其中有不少稀有的珍
　　　禽異獸，印象最深的是木樁上繫著的一隻小黑驢與籠裡囚著的一
　　　隻白狐狸。看牠們驚慌失措、默默求饒的眼神，不免感慨萬千。

這顆子彈

在空中穿梭盤旋
尋找目標

沒有永久的敵人
更沒有永久的友人

當心
此刻它正嗤嗤
筆直向你飛來

時差2

清晨
一個人在屋子裡
走來走去
不發一點聲音

黃昏的屋子裡
也有一個人
在走來走去
不發一點聲音

萬里之外
他們不約而同
走近窗口
抬頭向霞光流蕩的天邊
看了一眼
不發一點聲音

他們知道

這時候

任何一個暗示

眼皮一動或嘴角一牽

都將引發一場

翻天覆地的

美麗的

崩陷

縴夫之歌

扣入皮肉的粗繩
如扯不斷卸不掉的原罪
泥濘的岸上
每一個手腳並用的爬行
都是最後一個掙扎

一聲聲搖老和黑
咦老和黑
不是哀嘆
更不是謳歌
只告訴自己
還活著

長恨歌

其實早在頭一次跨出
熱汽蒸騰的華清池
她便感到了
三千寵愛在一身──
三千雙既羨且妒的眼光
炙痛她凝脂的肌膚

而那些捕風捉影的騷人墨客
更把她無辜的一顰一笑
都渲染成
罪該萬死的
傾國傾城

這樣我們便來到了馬嵬坡
混雜在性飢渴鼓噪不前的六軍當中
眼睜睜看一隻羽毛艷麗的比翼鳥
在謊言的連理枝糾纏絞勒下
撲翅悲鳴斷氣

頰對頰

他把刮得乾乾淨淨光光滑滑的一邊
去緊貼她
溫柔姣好的一面

玫瑰糖果巧克力
挑逗的燭光海誓山盟月亮
小夜曲婚禮進行曲

然後是
漫漫的長夜
蔓草叢生與冷月的

背對背

附注：北京一位中年婦人說：「情人節是為了情人，不是嗎？不是為像
　　　我們這樣的老夫老妻。」

金鎖記

以鋼的堅貞
金的激情
我絕對相信
他們的愛
至少會維持到
情人節

附記：〔倫敦路透社2011年2月9日消息〕一對用手銬互扣的陌生男女飛往
　　　紐約。如果到情人節他們還這樣子一直鎖在愛情裡，每人將可得
　　　到7200美元的獎金。

長恨續歌

這麼悅耳的金幣
我不花
誰花

這麼炫目的寶石
我不戴
誰戴

這麼精美的鞋子
我不穿
誰穿

這麼愚昧好玩的世界
我不笑
誰笑

附注：多年前我曾為在後宮囤鞋三千雙的菲律賓前總統夫人伊美達寫過
　　　一首〈長恨歌〉。最近她又不甘寂寞，以促進旅遊業及製鞋業為
　　　名，在馬尼拉開設了一個鞋類博物館，展出她自己穿過或未穿
　　　過，以及一些政客、電影明星們穿過的鞋子。她說她當年買那麼
　　　多鞋，乃是為了支持當地的製鞋業，云云。

虞姬舞劍

越舞越慢
你大概以為
我柔弱的臂膀
承受不了
你沉重的劍
淚眼中
你想必沒看到
寒光閃閃的鋒刃
幾度挨近
我緊張的咽喉

風蕭蕭兮
一個人如何
用纏綿的愛情
刺殺自己

而此刻
每根琴弦

都已繃到極限
簫與笛
都屏住了
最後一口氣息

只等我指揮的手
把悲憤撩到最高峰
然後猛然
一落

鑼停鼓歇

七步詩

用七步
丈量
從生到死

每一步
都讓旁觀者
驚出一陣冷汗
每一步
都把我們的腦袋
踩成空白

而你卻把
一個個
沉重的步子
轉為鏗鏘的腳韻
把心中煎熬多時的悲憫
從容化作詩句

編鐘

他們把

竹林裡的風聲

小橋下的流水

溫存親切的笑語

孩童的嬉戲

陽光裡月光下的牛鳴犬吠

鳥叫雞啼與蟲吟

還有天邊悠悠傳來的

一兩聲山籟

統統封入

這時代密藏器

然後深埋地底

讓千百年後的耳朵

有機會聽聽

一個寧謐安祥的世界

附注：時代密藏器（Time Capsule）為一種內存代表當前文化的器物、文
　　　獻等，密封埋藏，供後世瞭解當代情況之用。

直布羅陀

世界
仆伏在它腳下
如一隻驚嚇過度的羔羊
聽候瓜分

左
地中海
右
大西洋
前
阿非利加
後
歐羅巴

落日餘暉中
我看到直布羅陀
虎視眈眈蹲在那裡

隨時準備縱身

撲擊

附注：直布羅陀（Gibraltar）位於歐洲的西南尖端，為英國的要塞殖民
地。站在直布羅陀山（Rock of Gibraltar）頂，地中海、大西洋以
及連結兩大洋的直布羅陀海峽，還有非洲的摩洛哥，盡收眼底。

再生器

科羅拉多州兩個「治療專家」最近被判刑十六
年。他們曾把一個十歲的小女孩塞進用毛毯及枕
頭做成的模擬子宮裡，要她努力讓自己再度出
生，導致了小女孩因窒息而死亡。據說「再生」
的目的是為了使小女孩同她的養母之間的關係，
變得更親密融洽。

二十一世紀的頭一個諾貝爾獎
理當頒給
這無可爭議的偉大發明
有了它
什麼鳳凰涅槃輪迴克隆之類
都將煙消灰散

你說你不喜歡自己平凡的身世？
鑽進去！
你怕見到鏡中的皺紋與白髮？
鑽進去！

午夜夢迴怦然驚覺白白浪費了一生？
鑽進去！
想不起生命途中究竟在哪兒走上了岔路？
鑽進去！
懷念無憂無慮天真快樂的童年？
鑽進去！

鑽進去！鑽進去！
讓一切從頭開始
讓世界在血淋淋的初啼聲中
再度骨碌碌轉動

此刻，我們只需要
從失敗的經驗裡汲取教訓
將再生器作最後的調整
在它裡面注入
羊水般暖適的液體
然後把牢中

那兩個助殘士
或接死員
送進去
再生

米羅米羅

那天巴塞羅那的天空灰沉沉
雨絲飄在臉上又濕又冷
聽不到佛朗明哥舞鞋與地板清脆的對話
也看不到裙裾火般翻飛或紅披風霍霍揮動
鬥牛場同舞場一樣啞黯
所有的公牛都在柵欄裡打盹

然後我們來到了米羅美術館
頓時
霞光奔瀉流蕩沖擊
最白的白晝
最綠的綠野
最黃的黃花
最紅的紅日
最藍的藍寶石
最黑的黑眼珠

然後我們從背包裡取出旅行日誌
在巴塞羅那這頁上
寫下了一個
明快的
晴

附記：巴塞羅那（Barcelona）為西班牙東北部港市、巴塞羅那省的省
　　　會。我們在該地停留的那天剛好是星期一，所有的美術館都照例
　　　關門，卻意外地發現米羅基金會（Joan Miro Foundation）美術館開
　　　放，連呼不虛此行。

內衣

赤裸的
最後一道防線

撤啦！

微雨中登天安門

從這樣的高度看下去
原來你們是如此的渺小
螻蟻都不如

要不是天空陰沉著臉
還有那些便衣警衛眈眈虎視
說不定我也會高舉雙臂
豪情萬丈地大聲宣布
今天
我——
站起來了

失眠，在西安

失眠
其實也是一種
眠

如果此刻鐘樓的鐘
突然鳴響
他照樣會驚醒
怔怔思忖
此身何身此地何地此時何時
當然也可能只翻個身
然後悠悠進入
另一個更深更清醒的
夢

至於身邊那肥而不膩的
鼾聲
他確信
來自唐朝

陽關

渭城朝雨浥輕塵
客舍青青柳色新
勸君更盡一杯酒
西出陽關無故人

——王維〈渭城曲〉

根據考證
這石碑標示的地方
就是當年
陽關的故址

但再努力調整焦距
也捕捉不到
一望無際的荒漠上
醉亂迷離頻頻回顧的
腳印
只有那百無聊賴的
夕陽

在那裡點燃

冷卻多時的烽火台

想引發自己一笑

傾國傾城

911

雙子塔可以倒塌

五角大廈不妨炸成四角

但當兩千多個無辜的

血肉之軀

在烈焰中煎熬哀號

我們不得不狂撥求救電話

給真主阿拉或任何上帝

卻突然遲疑停頓了下來

如果萬能的祂

連那些僭用祂名字的懦夫們

心頭熊熊的恨火

都無法撲滅

或者根本就沒有誰

在那一頭

附注：911是美國各地專用的緊急求救電話號碼。

圓明園

能燒的都燒了
除了這些歪七八斜的石柱
以及那個容納不下艦隊
卻能剋火及遊樂的
人工湖

突然有東西炙痛了一下我的心
我四處尋覓
廢墟中
說不定還有一兩簇
不甘心不死心的
餘燼

天池

高處不勝寒
我們抵達的時候
霧氣瀰漫
分辨不出這天上的浴池
是扁是方是圓

但還是有魯莽的遊艇
載著一批批舉著相機的凡夫俗子
撲撲駛向池心

他們不否認有強烈的偷窺慾
但他們絕不會想到要脫光衣服
去同西王母娘娘共浴

不僅褻瀆
而且池水的確太過冰涼

附記：天池位於新疆，距烏魯木齊120公里，湖面海拔1980米，傳說是西
　　　王母沐浴之處。聽導遊說，毛澤東在長江游過泳後曾多次表示要
　　　到天池「與西王母共浴」，幸好沒成為事實。

五體投地

沒有比這姿勢
更貼近大地的了

老嫗的眼睛
卻望向天空

磕十萬個長頭
還一次願
是人與神之間的交易
只累壞了
她手中那串念珠
跟著她莫名其妙地
團團轉
世

附記：西寧的塔爾寺是藏傳佛教的發祥地之一，我們看到幾位信徒，在
　　　走廊上周而復始地磕長頭（俗稱「五體投地」）還願，並頻頻用
　　　手中的念珠計數。他們看起來並不那麼專心虔誠，好奇的眼光不
　　　時飄向好奇的觀光客，偶而還與旁邊的同道們低聲說笑。

戈壁沙漠

一陣猛烈的搖晃

然後是難耐的靜寂──

沒有水聲沒有猿啼

使我從三峽龐大的山水夢中驚醒

河床涸乾礫石累累

兩岸無限地往後退──退──退

終於不見了邊

高不可仰的連綿山嶺

都飛入更高的天空

馬達昂首不馴的嘶叫

成了撫慰的音樂

從天邊不時湧現的海市蜃樓裡

我們尋覓一絲滋潤的綠

在碌碌顛簸中

幻想一握細沙的溫存

附記：在西北，人們稱戈壁沙漠為戈壁灘，我猜大概是因為它幾乎沒有一般
　　　沙漠所常見的細沙。有的，只是寸草不生、一望無垠的罍罍礫石。

飛天

1

若不是為了讓千百年後的凡眼

看看極樂世界的景象

這些身披彩帶的仙子們

一定不會長久待在

這陰暗的石窟內

即使想像力豐富的藝術家

把牆上及窟頂

最高最好最顯目的位置

統統給了她們

2

在宇宙間遊走翱翔

神人共羨的美麗胴體

鮮活如水中的魚

無風的日子
我們仍能從她們身上
裊裊飄動的彩帶
確切無疑地辨認
天國的方位

反彈琵琶

用
一個叛逆
卻柔美無比的姿勢
撩撥眼睛們
爭睹

龍顏大悅

小海灣

一個巨浪獰笑著
猛撲過來
她微微把腰一閃

然後扭頭嫣然一笑
頓時
海闊天空風平浪靜

橋

隔著岸
緊密相握

我們根本不知道
也不在乎
是誰
先伸出了
手

泥菩薩悲歌

連土得不能再土的
土地公
都不免暗自懷疑
自身的血統

蹲在土石流圍困的土廟內
不知何時
一批扯掉了頭上金箍的
神聖
會從天而降
揮舞著樂透又哀透了的明牌
叱吒打砸
理直氣壯地
替天，不，替己行道

附記：聽說台灣近日全民沉迷於樂透彩，到處求神問卜索取「明牌」。
　　　更有因發財夢落空而遷怒於神明，砸像毀廟的怪事。

床戲

1.

自編自導自演的
連續劇

針孔照相機裡
一場火熱的化裝舞會
正把一個性冷感的世界
一節節推向
最後的
高潮

2.

睜眼
或閉眼
他看到的

永遠是一個
凍僵了的
自己
在那裡
努力製造
高潮

附記：台灣近年發生了不少鬧哄哄的性新聞，社會名流常被人用針孔照
　　　相機偷拍床上活動作為勒索，更有一男子以女明星照片製成面
　　　具，要求妻子戴上做愛，因而被訴請離婚的妙事。

花市

萬紫千紅中
一隻金色的蜜蜂
營營嗡嗡
對著一朵
淡得不能再淡的黃花

還沒有買主呢
這隻蜜蜂
卻已在過去
與未來
在廣闊的土地
與深似侯門的花瓶間
疲於奔命

那支微褐的
尾針
在燦白的陽光下
咄咄欲吐

電視戰爭

槍口緘默
炸彈拒絕開花
聲音不再脫口作秀
愛恨交纏的連續劇
被活生生斬斷

攝影機找不到焦點
螢幕一片漆黑

遙控器被深深藏起
在某個遙遠的角落

端午沱江泛舟

——鳳凰遊之一

閃閃爍爍的記憶
仍在時間之流裡隨水燈冉冉漂蕩
我們的眼睛
早已迷霧瀰漫
如今夜略帶寒意的江面

白天敲擊我們心胸的砰砰鼓聲
終於停歇
萬槳激盪的水波
也漸趨平靜

朦朧的星光下
依稀有兩隻鴛鴦
或野鴨
在那裡交頸蜜語

莫忘今宵

拋夢線
——鳳凰遊之二

從夢的深處高高拋起
這些燕子
在空中略作盤旋
便迅速滑向水面
來一個猝不及防的偷吻
然後隱入黑暗

就這樣
牠們輪番
用近乎完美的弧線勾畫夢
並在我們著魔的心中
激起大大小小的漣漪

買紅豆項鏈記

──海南遊之一

嘴

還在那裡討價還價

心

卻已溫情脈脈

珠圓玉潤了

太貴了老板

少算點吧

先生

我這是貨真價實

何況相思這玩意兒

不好打折扣

鹿回頭
——海南遊之二

回頭是
引滿的弓
咄咄逼人的箭頭

但她發現
血絲密佈的眼睛裡
閃爍著比海還深比天更藍的
鄉愁

神蹟出現
苦苦等待的時刻
終於來臨

就在她
緩緩轉身那一瞬
所有的矜持與喬裝
都如煙消逝

於是我們看到
一個美麗的少女
雀躍著
撲向她的獵人

附注：鹿回頭是海南三亞市南邊山頂公園裡的一座巨型雕像。傳說在遠
　　　古時候，青年獵人阿黑，有一天在山上看到一隻美麗的花鹿為一
　　　隻斑豹所追，便用箭射殺了斑豹，然後對花鹿窮追不捨。追了九
　　　天九夜，翻過了九十九座山，一直追到三亞灣南邊的珊瑚崖上。
　　　前有大海，後有搭箭待射的獵人，此時花鹿突然回頭含情凝視，
　　　變成了一位美麗的少女，向阿黑走來，於是他們結為夫妻。他們
　　　的後代，便是今天的黎族。

深夜在亞龍灣沖浪
──海南遊之三

來了！來了！
黑暗中
嘩嘩直撲過來的
雪浪
沖擊我們的血液
引發一陣海嘯

當海水頹退
細砂依依攀附腿腳
鼓得滿滿的胸口
一下子被抽成真空

一股亙古的悲涼
便自心底幽幽昇起
便有此起彼落遙相呼應的貝殼
嗚嗚
向天外傳送

天涯海角
——海南遊之四

在讒言瘴癘
與茫茫大海間
流放者
用滲血的指甲
在石上深深刻下的
天涯海角
現在卻成為
鏡頭爭奪的
風景

興隆熱帶花園
──海南遊之五

當神秘果
把我們心頭累積的辛酸
一一變成甜味
風流的舞草
正雙雙對對翩翩起舞
讓明亮的天空
暈眩

鐵樹開不開花
都是生命的奇蹟
箭毒樹見血封喉
也無所謂善惡

而那讓你掩鼻而過的榴蓮
在它的寶座前
永遠有一批子民
淌著口水

就在我們斟酌

酒瓶棕的酒瓶裡

究竟裝著什麼酒

路邊佇候多時的炮仗花

卻迫不及待

劈劈啪啪

一路燃放了起來

附注：興隆熱帶花園建於1957年，是中國最早的熱帶植物園，收集熱帶
　　　經濟作物、熱帶珍稀瀕危植物等兩百多科屬一千兩百多種。詩中
　　　提到的，是我印象比較深刻的植物。

謊話連篇

這些日子
連測謊器
都臉不紅氣不喘
說起謊來了

不信
請試試女士們常提的這個問題

「這衣服是否讓我看起來有點發胖？」

玉墜項鏈

億萬年
密密封存的
火種

你用指尖輕輕撩撥
胸前微溫的
綠焰
然後微笑著
直直向我走來

來自故鄉的歌

掠過黑暗的曠野

一隻螢火蟲

兩隻三隻……

終於引發

一陣眩目的閃電

霍霍照亮

山重水複

溝壑縱橫的

臉龐

春4

從白到褐到綠到藍到紅到紫
你用越旋越快的
舞步
使天地暈眩

待我穩住自己
定睛一看

你早已遠去

初秋遊杜甫草堂

風和日麗
你那被秋風所破的茅屋
早已修葺一新
成為鏡頭爭睹的聖跡
屋內寬敞乾淨
不可能漏雨

但他們還是為你
鑄造了一座
瘦骨嶙峋的塑像
知道
風雨飄搖的詩國
永遠有一股狂風
在那裡窺伺

馬王堆濕屍

幽暗的燈光下
聽壓低聲音的遊客們
對栩栩如生的妳
評頭品足

我想我不會失色驚叫
營營嗡嗡中
妳驀地坐起

從一個兩千多年的午睡

在李白故里向詩人問好

幾天前在杜甫草堂
我們還談起您
杜老要我見到您
千萬問您好

他還是那麼瘦
但他對您的福態
只有高興沒有絲毫妒意
他還說
詩仙詩聖的稱號太無聊
寫詩又不是小學生作文
爭什麼第一

至於您的身世
究竟出生何地
或姓不姓李
他說就交付給明月
讓那些自以為清醒的傢伙
去水中撈吧

鏡海

——九寨溝遊之一

無風的清晨
山用冷冽的湖水
洗濯影子

這就是它
永保青春嫵媚的秘密

我們手忙腳亂調整鏡頭
正要按下快門
卻有人忍不住呼出了一口氣

一陣風過
便把我們苦苦捕捉的證據
一下子全抹了去

海子
——九寨溝遊之二

親暱而虔敬
他們把大大小小的湖泊
統統稱為海子

海之子
繁殖在高原上的
海的兒子
不，女子

溶溶融融
神聖不可沾污的
生命之源

為了人丁興旺
他們祈求雄壯的山巒
日夜臨幸

並保護一尾尾鮮蹦活跳的魚

努力向源頭游去

附注：藏人把山水都當成聖物，可能同民族繁殖的神話有關。他們禁止
　　　人們在湖裡及河裡洗濯，更不許捕魚。

同大熊貓合影

閃閃不休的鎂光使牠厭煩
牠開始在她膝上撒賴扭動
用一身滑溜溜的皮毛
讓她緊不是鬆也不是的母性懷抱
頻頻瀕臨崩潰

我手忙腳亂調整鏡頭
希望在按下快門之前
牠還沒滑落地面
或竟絕了種

附記：在四川臥龍熊貓自然保護區，我們有機會抱一隻十一個月大、名
　　　叫林海的小熊貓一起拍照。雖然「拍照費」高達人民幣二百元，
　　　但因為是捐獻性質，而且機會十分難得，所以女士們都爭著輪流
　　　同牠合影。到了後來，牠大概不勝其煩，開始像一個撒賴的小孩
　　　般，一次又一次往下滑落，直到管理員塞給牠一隻蘋果，才安靜
　　　了下來。

轉經輪

在風與水的眼裡
筒上的經文
想必比天書還難懂
但它們還是恭順虔誠
合力把一個個經輪
推撥得團團轉

苦心經營來世的風景
風清
水秀

附注：藏人有轉經輪的風俗，把經文寫在長長的圓筒上，轉動祈福。河
　　　邊常可見到他們裝置的經輪，由風與水（主要是水）日夜代勞。

秋葉3

頭一次出門遠足
每一張小臉
都興奮得紅一塊黃一塊

他們並不急著趕路
在風中追逐嬉戲
一邊猛吹口哨

鄰居的盆花

多年鄰居的老先生幾天前去世了
他們陽台上開得正茂的幾盆花
今早都垂下了頭

愛花的老太太想必沒聽昨晚的新聞
不知道夜裡有一場早來的霜

虹

彩色玻璃製成的宇宙滑梯
光潔完美的弧度
一定比坐凌霄飛車
更快更驚險刺激

你只消張開雙臂
閉起眼睛（如果怕高的話）
然後發出一聲尖叫
在聲音還沒完全離口之前
便已從天的這一邊
到達地那頭

紅披肩

如果她取下
那紅披肩
她將暴露
每一個過路的
男人
心中隱藏的慾望

自從在什麼地方讀到
這些揮之不去的詩句
每個起風的日子
他便遊魂般
上街去晃蕩
然後一頭鑽入
煙霧瀰漫的酒吧
看脫衣舞孃
把坐在台前
那個陌生的自己
一層層
剝光

地皮，月皮，肚皮

他們把地球

挖得千瘡百孔

又推推填填敲敲打打

蓋起一棟棟

躊躇滿志顧盼自雄的摩天大樓

（離天空還遠著哪！）

現在又打起

月球的主意來了

精明的他們

竟不知道

自己的便便大腹

是最有前景的黃金地段

在它上面的建築物

日生夜長

很快便能

頂到了

天

附注：美國加州一家叫「月球大使館」的公司把月球上的地皮分割出售，每英畝售價19.99美元。聽說全球已有超過一百萬個客戶，其中不乏名人。

遙控

塑料的金魚
不用餵食
在毒水中
照樣鮮蹦活跳

烏煙瘴氣的大地上
塑料的人類
或將成為
上帝的新歡

附注：聽說一種塑料製成的金魚，可用聲音遙控，維妙維肖在金魚缸裡
　　　游動，是台灣孩子們的新歡。

緊急裝備

手電筒
電池
食品
水

噢對了
千萬別忘記
塑料膜和
膠帶

我們得把
恐懼與仇恨
封死在外頭

附記：美國新近成立的國土安全部，不久前曾發佈恐怖攻擊警告，要國
　　　人準備供應兩天的食物及飲用水，特別是兩捲膠帶，好封閉門窗
　　　防毒。一時傳為笑談。

輪迴

野地裡
一朵小藍花
在晚風中搖曳

目光迷離的詩人走過
突然回頭深深看了她一眼

幾個世紀後的黃昏
一個陰暗的書架上
擺著一本褪了色的
藍皮詩集

野地裡一朵小藍花
在晚風中搖曳

沙漠之花

夕陽下
一株紅艷絕倫的花
在腥風臊熱中悠悠醒來

噩夢裡有震耳的雷聲橫飛的暴雨
履帶轆轆子彈呼嘯喊爹叫娘
接著是一片死寂

後來它記起
它是海市蜃樓中
一株清涼隱現的
小藍花

杜鵑花

淡淡的三月天
杜鵑花開在山坡上
杜鵑花開在小溪旁……

一大早，聽到有圓潤歌喉的妻子，在廚房裡輕輕哼起這
支熟悉又遙遠的曲調，他便知道，前些日子從超市買回
來的盆栽，那些含苞待放的杜鵑花，終於綻開了

都四月了，芝加哥卻仍在下雪，暖氣不停地吹。而從電
視裡日夜噴出的燎原戰火，從三月一路延燒過來，更使
他感到徹骨的寒。看到杜鵑花苞垂頭喪氣的樣子，他
想，杜鵑花大概也同自己一樣，移植多年，才突然感到
水土不服吧

但杜鵑花終於還是開了。電視上報導戰事得利，國內民
意支持度節節攀升

淡淡的四月天
杜鵑花開在盆栽裡……

SARS街景

一雙雙
黑
眼睛

驚看
滿街
罩不住的
白

給一隻鳥畫像

你的頭往這邊斜
牠的頭偏往
那邊歪
反正牠不當
脫衣弄姿的模特

就在你擠顏料調色眯眼比劃
剛要落筆的時候
牠卻輕拍翅膀
嘩地一聲飛走了
撒下
一樹的
綠

給一朵花寫生

風有點憋不住氣
蝴蝶的翅膀不耐地開開合合
而性急的蜜蜂
早在那裡營營嗡嗡
那支畫筆
就是遲遲落不下去

它們不知道
在畫家的眼前
這朵花正與一張同樣盛開的臉
你死我活爭奪地盤
此刻任何偏袒的一筆
都將引起
負心的責難

禪

風動　幡也動
幡不動　風也不動

禪
就是這麼簡單的東西

你愛　她也愛
她不愛　你也──愛

禪
就是這麼複雜的東西

創世紀1

神說	魔說
要有光	要有影
就有了光	就有了影
神說	魔說
要有山	要有谷
就有了山	就有了谷
光的山	影的谷
神說	魔說
要有人	要有獸
就有了人	就有了獸
神說	魔說
要有獸	要有人
就有了獸	就有了人
人的獸	獸的人

在天涯海角懷念蘇東坡

薄飲後
你總愛將自己流放
到這灰茫茫的
小醉裡
水天一色

共飲的客人
一個個都走了
不久你也回到了中原
那個更大更美麗的
島

但聽說每次薄飲小醉之後
你總自願地
把自己再度流放
到這水天一色的
天涯海角

面對灰茫茫
望鄉

那個命定的時刻

──甘乃迪遇刺40週年

每年這一天

這個時辰

在達拉斯

一顆仇恨的子彈

照例鑽入他的腦殼

迸裂成千千萬萬個碎片

然後從各個方向

照例鑽入

僵在1963年

那個命定的日子

那個命定的時刻

千千萬萬個

愕然的身姿

去繼續追蹤

每個心頭

劈啪展延的

裂痕

傷逝

──懷一位同鄉故友

乾旱季節
今夜這場傾盆大雨
來得正是時候

大粒大粒的雨點
打在窗玻璃上
帶著你
濃重的鄉音

不該停靠的站

——悼馬德里火車爆炸的罹難者

隨著碎玻璃飛出窗外的
齊聲慘呼
很難聽出
竟來自
南腔北調的
咽喉

本來殊途的陌生路人
竟不約而同
把一個火車時刻表上找不到的
中途站
當成終點

只有一個不死的人類信心
兀自繼續未竟的旅程
卡達卡達卡達
對著迷茫的前方
筆直奔去
一路猛鳴汽笛

都是年輪惹的禍

莫非
歷史上許多腰斬刑罰
都同年輪有關
既然你死死不肯透露你的
真實年齡
我倒要看看你這亂臣賊子的肚裡
究竟懷了多少圈鬼胎

至於那些被處凌遲的
則都因為太過精明狡猾
把年齡化整為零
分藏在他們身上每一個部位角落
有如把厚厚一疊鈔票
零星塞入前前後後大大小小的口袋

這種科學驗證的年齡
最確切可靠
既不減少更不會增多

附注：聽說有一位世界知名的權威「科學家」，用了幾種方法都無法測
　　　知一棵活了四千九百多年的老樹的確實年齡，最後竟使出了絕
　　　招，把樹活生生攔腰鋸斷。

威廉斯詩旋律的變奏A

〈這只是說〉

我吃了
冰箱
裡面的
李子

那些
你也許
留起來
當早餐

原諒我
它們很好吃
又甜
又冰

——威廉斯詩，非馬譯

1

我放走了
那隻你關在籠裡
想聽牠唱歌的
鳥

原諒我
我相信遼闊的天穹下
眾樹搭成的舞台
音效更佳

2

我把你昨夜寫的
那首熱情纏綿的詩
撕成片片撒入了河中

你將永遠無法
修改
或收回

3
我把你那盞亮著的燈
吹熄了

你也許好心
要給飛蛾照路

但我想它們在黑暗裡
看得更清
更遠

4
我把底片
曝了光

原諒我
我迫不及待想看看
你在鏡頭前擺的
那些美妙姿勢

根本沒想到
這是個黑白顛倒的世界

威廉斯詩旋律的變奏B

1

我把你酒櫃裡
那瓶紫彩流蕩的名酒
喝光了

你也許把它存起來
澆愁
或慶祝什麼
或根本只是
擺擺闊

原諒我
醫生說紅酒對心臟有益
而且它嚐起來
又醇
又香
又甜

2

你墨跡未乾的那幅
畫
我取走了

它讓我憶起
某個異國黃昏
我們攜手走出的
風景

我的書房光線不足
正需要一面
能觀看風景的
窗

3

我把你攤開的詩集
合攏了來

那首你用書籤標記的情詩
是詩人寫給
天下所有情人看的

我正醞釀一首
只給你
一個人

4

我用力扯斷了
那把吉他的弦

多少個黃昏
我靜靜坐在旁邊
聽你彈奏

但現在我要全神貫注
欣賞你
美妙的挑撥姿勢

威廉斯詩旋律的變奏C

1
我吃了
冰箱
裡的
甜圈餅

那些
你也許
買來
當早餐

它們的確很好吃
而且我喜歡看你
嘟著嘴的嬌嗔模樣
知道我這是為了
你的苗條

2

我揮手把你辛辛苦苦
用積木搭建的那座
愛之城堡
嘩啦一下
推倒了

原諒我
激情使我盲目瘋狂
既找不到鑰匙
又想不起你給我的
口令

3

我把你新買來的那頂
插著七根艷麗羽毛的
帽子

送給了一個眼睛發亮的
小女孩

聽了我講的童話故事
她直嚷著要當
美麗的公主

4
我把你斜靠在牆頭的梯子
抽走了

夜夜你在夢中爬上去摘星
滿園子熟果墜地的踩踩
此起彼落
使我輾轉難眠

威廉斯詩旋律的變奏D

1

我從你漾著微笑的嘴邊
把甜夢攫走

你翻了個身
嘴裡喃喃著
一個陌生又熟悉的
名字

竟是我
那失散多年的
乳名

2

我把你面前的路
扯了幾個小彎

原諒我
我要你多看幾眼
漸行漸遠的
故鄉風景

3
在渡口
我解開纜繩
讓那唯一的渡船
漂遠

原諒我
這是笨拙的我
能想到的唯一辦法
挽留你

4
我揩去了

昨夜泥濘的來路上
你凌亂的腳印

風雨過後
晨光照射的路上
需要一個
輕快的
起步

威廉斯詩旋律的變奏E

1

我關起窗子
把洶湧的海潮
擋在外頭

至少今夜
宇宙不寧的喧囂
不會驚擾
你的甜夢

2

我把你撐開的傘
收攏了來

風雨已過
你無需繼續悲情
把陽光也擋掉

3

我把你的一雙高跟鞋
送給了一個
迫不及待想成長的
小女孩

她眼光迷濛
夢想跟你婀娜走入
多彩多姿的
世界

4

我把冷氣機
關掉了

被鄉愁壓得透不過氣來
我想看你

陽光燦爛的臉上

嘩啦啦掠過

痛快淋漓

亞熱帶午後的

陣雨

威廉斯詩旋律的變奏F

1

我用烏雲擋住烈日
在你的額頭上
散佈陰涼

蓊蓊鬱鬱
叢林簇擁的山峰
更顯得莽蒼巍峨

2

我把一棵
結滿紅潤果實的
番茄
連根拔了出來

每天早晨
你頻頻用清水澆灑
並低聲同它說話

原諒我
我妒火中燒
想看看它的根鬚
如何通過母親大地的血管
直趨你的心臟

3
昨夜
我不小心
把你的鏡子摔成了片片
此刻它們在晨光下
閃閃爍爍
逗引我
從不同的角度

欣賞你早起時
伸懶腰打哈欠
各式各樣美妙的姿勢

4

我扯斷了
你首飾盒裡的
一串珍珠項鏈

原諒我
剛讀了白居易的
《琵琶行》
很想聽聽
大珠小珠落玉盤的
清脆聲音

新苗

我把你的孩子們
帶到鄉下來了

整天穿著鞋子在水泥地上走動
他們竟以為
超級市場是稻米的故鄉

我要他們把赤腳插入水田
同秧苗一起
堅定地默默抽長

紅木森林
──美國西岸遊記之一

在這裡
一切都那麼自然
直挺
彷彿這世上
不曾有過
壓抑扭曲這回事

孺慕的手
齊齊伸向
遼闊的天空

海獅穴
——美國西岸遊記之二

幽暗的洞穴內
海獅們知道它們很安全
剛從明亮世界闖進來的
那些睜得圓圓的觀光眼睛
什麼都看不見

就在人們忙著調整相機放大瞳孔的時候
牠們群集在陽光照射不到的岩石上
已完成了愛撫，交配，傳宗接代的任務
此刻牠們正紛紛滑下水
明目張膽地追吻
一尾尾被時間遺忘了的
活潑可愛的魚

鯨魚出沒的黃昏
——美國西岸遊記之三

暗潮洶湧
他依稀看到
鯨魚聳起的背脊
在遠處水面劃出的
一道道泛白傷痕
迅速無聲癒合

如受催眠
他目不轉睛凝視
慾望折磨的尾鰭
奮然騰空躍起
嘩嘩猛煽
激情燃盡的夕陽
然後寂然落水
沉淪

一定有人哭泣

——悼作家張純如

一定有人哭泣
在這樣的黃昏
風從西邊來
雨從西邊來

而她就是忍不住
頭一個哭泣的那個人
對著一堆堆
歷史的白骨
人間的不義與緘默

而她就是一開了頭
便止不住哭泣的那個人
人類的罪惡
冰峰般矗立在她四周
把她籠罩在重重陰影裡
使她窒息

一定有人哭泣
在這樣的黃昏
風從西邊來
雨從西邊來

附記：1997年在美國出版《南京大屠殺》一書的華裔作家張純如，因不
　　　堪憂鬱症的折磨，於2004年自殺身亡。

最後一隻老虎之死

聽說最後一隻老虎是跳崖自殺的
免得彈孔破壞了牠皮革的美麗與完整
多製作一個錢包或一根腰帶
多讓一位高貴的女士炫耀招搖

聽說最後一隻老虎是絕食致死的
牠知道禁慾（食慾也是慾）的重要
把所有的精力都凝聚在骨
以及他們所謂「鞭」的玩意裡
讓那些軟弱的男士們有一個雄壯的夜晚

聽說最後一隻老虎是撞山喪命的
緬懷武松光明磊落鐵錚錚的拳頭
周旋惡鬥山搖地動雖敗猶榮
如今牠根本不知道對手隱藏的方向

聽說最後一隻老虎是自焚身亡的
斷氣前仍咆嘯著布雷克鏗鏘的詩句

「老虎！老虎！火般明亮
在何樣遙遠的深海或高空
熾燃著你眼中的烈焰？」

附記：根據新聞報導，全世界現存老虎總數不到5000隻，八個虎類中已
有三個絕了種，中國的南方虎也岌岌可危。據說最大的威脅來自
愛好虛榮的女士們對虎皮的青睞，以及亞洲男士們以虎骨為催慾
劑的迷信。

82 vs. 28

看不出這兩個數字

鏡像般的

對稱之美

便很難領悟

宇稱不守恒理論的

神秘高深

把簡單明瞭的算術

$82 - 28 = 54$

當成唯一的答案

如何能欣賞

這模糊、混沌而不確定的

黃昏之戀

附注：

（1）1957年楊振寧與李政道因「宇稱不守恆」理論而獲得諾貝爾物理
學獎。

（2）「模糊」、「混沌」、「不確定」都是近代數學或物理學中的重要
理論。

南亞海嘯

不穿鞋子
腳踏實地的
野獸們
早就隱隱感到
大地蠢蠢欲動
大海也張大了喉嚨
作勢咆哮

它們競相奔告
紛紛走避
只撇下
萬物之靈的人類
在岸邊
欣賞奇景

海嘯時刻

當滿地狼藉的碎屑
拼湊不出
陽光亮麗笑聲清脆的記憶

當浮腫的屍體
成了親人們
最後的希望與安慰
活下來是負咎深重的奇蹟

當黑暗的巨浪
一波又一波
劈頭罩下
讓我們從窒息的噩夢中
一次又一次
濕淋淋驚醒

當討海的漁人患了不可救藥的
恐水症

一個孤單的小孩撿起一塊石頭
重重地擲向海

當全世界的人類
不管身在何處
轉瞬間都成了
孤兒

屋檐下正在融化的冰柱

1

你才不過

溫煦地微微一笑

凝凍了一整個冬天的相思淚

便開始融化

且簌簌地

掉

下

來

了

2

這根倒燃的

透明蠟燭

完全有理由相信

是它

把這個世界

照得明亮

刺眼

3

帝國的

輝煌榮耀

終究留不住

這些嚮往自由的

小老百姓

興高采烈紛紛

離體

墜

地

昆明石林

1

沒有鳥雀在枝頭喧鬧跳躍
便不可能有成熟的果實篤篤
打到頭上
但人們還是撐起一把把
花花綠綠的陽傘
怕洪荒期的飛沙走石
或億萬年前便開始飄墜的
最後一片落葉
會轟然從天而降

凝眸中
白花花的天空漸移漸近
但我知道
是陷身塵世的心
在那裡奮力掙扎
欲凌空飛去

2

年輪在這裡已失去意義
正如我們不會去追問
浩瀚的大海上
每一朵浪花的身世

但我們還是把鏡頭
對準每一個
歷盡滄桑的臉龐
以及它們爭先恐後
伸向天空的
手勢

在自助洗衣店

一個尼龍布袋
鼓鼓塞滿
整整一星期
汗漬的日子

每個週末
他總儀典般來到這裡
傾袋倒入洗衣機
加上一小包肥皂粉
及漂白劑
然後用幾個硬幣
啟動
另一個循環

願你有張吊網床

有了一張吊網床
便滿天陽光滿眼清涼

馬雅人的甜夢
在兩棵綠樹間擺盪

有了一張吊網床
便滿城燈火滿臉驚惶

懼高者的噩夢
在兩棟摩天大樓間擺盪

附注：南美洲的馬雅（Maya）人至今仍睡在吊網床上。「願你有張吊網
　　　床」是他們的日常問候語。

混沌初開
——給剛出世的嬰兒

這是一個
光與笑的
世界

光與笑
是你
頭一次張開眼
所看到的
東西

鳥魚詩人

鳥向天空問路
煙黑的地圖上
找不到出口

魚猛吐氣泡
在陽光照射不到的水中
尋覓自己的影子

悠然走在地面上的詩人
一會兒看天
一會兒看水
終於靈感噴湧
搖頭擺尾唱出了
千古名篇

綠水悠悠天天天藍

卡翠娜

有這樣美麗名字的女人
必然潑辣善舞

雙臂一舉
長裙輕輕一掀
便讓所有的人
如受催眠不知走避
無法辨別
是決堤的海水
或湧出我們眼睛的淚
洶洶滾滾
頃刻間淹沒了
一整座城

臭烘烘的水面上
有浮屍
或俯或仰

攤開雙手
問天

附記：2005年9月的卡翠娜（Katrina）颶風為美國的墨西哥灣沿岸特別是
新奧爾良地區帶來了空前的災難。死亡人數達一千多人，財產損
失更創了記錄。

安魂曲

圍著熊熊的營火
我們聽他唱
一支又一支
來自古老的國度
時而激越時而憂傷的
美麗歌謠

突然歌聲中斷
他說睏了想睡了
便逕自躺下

但我們知道
在安眠之前
他將豎起耳朵傾聽
瀰漫夜空的悼念聲中
或許會神奇出現
他期盼多時的
來自靈魂深處的話語

起初如試探的雨點

怯怯把腳伸向寒冬過後的地面

然後引發一陣滂沱的豪雨

嘩啦敲響

他熱愛的土地

寬闊堅實的胸膛

感恩節火雞特赦

閉上眼睛
正要做最後的禱告
卻聽到一聲大叫
「特赦！」
牠趕緊把伸得長長的脖子
縮了回來

睜開眼睛一看
閃個不停的鎂光燈下
自己竟成了
萬眾矚目的明星

當然更大的明星
是總統先生
帶著那樣一種悲天憫人的表情
靜靜地站在那裡頜首微笑
像極了一位慈祥的老祖父

這樣的人
牠死也不信
會無端挑起
血腥的伊拉克戰爭

牠因此暗暗發誓
將日夜用只有上帝才聽得懂的語言
為人類特別是總統先生感恩祈福

在禽流感降臨之前

附記：每年在感恩節之前，白宮有一個例行的儀典，是由總統赦免一隻火
　　　雞（還有一隻候補），免受宰殺燒烤端上感恩餐桌的命運。今年在
　　　伊拉克戰爭與禽流感的雙重陰影下受到赦免的兩隻火雞，被送到迪
　　　斯尼樂園去參加感恩節遊行，然後到迪斯尼農莊去頤養天年。

瀕臨滅絕的物種

記不清從什麼時候起
自己竟成了
瀕臨滅絕的物種

但他能感到
望遠鏡後憐憫的凝視
自四面八方
子彈般剌剌向他射來

獨自飛行在遼闊的天空
他知道他必須努力發出
最後一聲唳叫

如同一個詩人
為了證實自己的存在
瀝血謳歌

羅密歐與茱麗葉

莎士比亞的羽毛筆
已耗盡了墨水
演員們摩拳擦掌等著上場
鳥雀們在嘰嘰喳喳調音
偶爾有一兩束晨光
從黑暗的後台探出頭來

一切都已準備就緒
就等這對天真無辜的主角
從一動不動的擁抱中
悠然醒來
張開眼睛拉起帷幕

讓世世代代的觀眾
用淚水洗淨的眼睛看清
一段美麗純潔的愛情
如何在人類莫名其妙的仇恨中
斷氣消魂

那年冬天

那年冬天又長又冷
天空上開滿了雪花
人們呵著白氣
像一個個漫畫中的人物
在嘴巴鼻子前面
塗寫著一團團親切的話語
而所有藏在手套或口袋裡的手
都蠢蠢欲動
要把冰凍過的熱情
一把掏出來
送給萍水相逢的過客

而綻放在他們臉上的微笑
是一朵朵永不凋謝的花
那麼多年了
仍在我心頭五彩繽紛地盛開

復活節的驚喜

靜靜躺在舒適的窩內
因母體的溫暖而更顯得
晶瑩奪目的
這兩顆鳥蛋
一定是上帝藏在那裡
給孩子們復活節的驚喜
卻讓既非信徒更非小孩的我
無意中發現

被我的粗手粗腳嚇飛了的
母鳥
此刻正在不遠處的草地上
目不轉睛地監視著
我

明知越短暫的美
越可能永恒
我還是忍不住要多看它們幾眼

但我保證會讓母鳥
在卵面餘溫散盡之前
回到牠的窩

猶太區

這是他們活動的地方
活人
不准越雷池一步

這是他們不活不動的地方
死人
不准越雷池一步

附注：歐洲許多地方的猶太人，歷來備受歧視，許多城市都劃有猶太區
　　　（所謂的ghetto）。按照法律規定，裡面的居民不論死活，都不准
　　　越出界限。

猶太公墓

不甘被遺忘的
人類記憶
掙扎著
從層層疊疊
歪歪倒倒的
墓碑中

破土而出

附注：在布達佩斯一個猶太教堂傍看到納粹受難者密密麻麻重重疊疊的
　　　墓園，觸目驚心。後來看到位於布拉格猶太區內的舊猶太墓園，
　　　更是擁擠不堪。兩萬座墳墓在一個小小的墓園內，有些地方居然
　　　堆疊成十二層！原因是歷史上有很長時期，猶太人不論活的或死
　　　的，都不准越出猶太區。

公共場所上一架倒置的直升機

用這個姿勢起飛
當然有點困難
除非
我們也用頭站立
雙腳在空中
急速交叉划動

果然
我們的耳邊
螺旋槳呼呼地響了起來
咦痞——
在萬眾的歡呼聲中
我們也隨著
夢般冉冉升空

2006年5月27日晚上
薩斯博格的住宅廣場上

冷雨不停地下著
沒一個人影

附記：這個名叫「A Helicopter Upside Down in a Public Place」的裝置藝
術是布拉格慶祝莫扎特兩百五十歲生日的活動之一，作者Paola
Pivi為意大利當代藝術家，1971年生於米蘭，她的作品大多如謎語
般，荒謬而幽默。她喜歡用演出的方式安排攝影作品，把動物運
到遙遠的地方——斑馬在雪山旁，鴕鳥在海面上——造成一種突
兀的感覺，讓觀眾從日常百無聊賴的生活中得到片刻的解脫。她
的一幅33X44英尺的得獎攝影作品（一頭驢子顫巍巍站在一隻小船
上）最近被美國的布朗大學買去掛在該校科學圖書館的牆頭上。
當然，不是每個人都欣賞這類作品。我在網上一個部落格便讀到
一位比我們晚兩三天到此一遊的美國教授，用略帶調侃的口吻，
談到這個倒置直升機的裝置藝術：「我喜歡這架直升機，但如果
它是正立的，我也會喜歡，所以我不太能確定它的吸引力究竟是
什麼。如果它是一架軍用直升機或許我會更感興趣。」

　　第二天我們再回到這廣場，看到一群警察正用一架吊車把一
部汽車高高吊起。大概是在架設另一個令人驚異的當代裝置藝術
吧？背景的噴水池是電影《音樂之聲》女星Julie Andrews同小孩們
在池邊大唱Do-Re-Mi的地方。

煙火

明明知道
改變不了黑夜的命運
還是忍不住要一衝
上天
燦爛一下自己
也溫暖溫暖
那些渴望光明的
眼睛

無暇也無心探究
他們為何狂歡
或慶祝什麼

織女！織女！

夜夜
孤單的天上牛郎
在銀河邊
隔岸翹望

夜夜
孤單的人間牛郎
在酒吧間
左擁右抱

附注：中央社倫敦2006年7月20日電：根據英國環境局的最新調查，由於
　　　女性荷爾蒙補充物和相關藥品流入河川情況嚴重，英國河流裡三
　　　分之一的公魚，竟然變性成為母魚，甚至還「孕育下一代」。

競選

環顧四周

他突然發現

那些本來同他一樣警醒的眼睛

現在卻都如醉如痴

被一張能言善辯的嘴催眠

迅速膨脹的謊言

成了他們緊緊攀附的氣球

載浮載沉

載浮載沉……

薩達姆的圈套

火藥燒炙過
毒氣薰過
淚浸過
血泡過
獰笑抽打過
哀號扭絞過
他知道
粗繩的每一縷
都強韌牢靠

而在同那麼多異己的脖子打過交道之後
他相信對尺寸有絕對的把握

就這樣他步上絞刑台
坦然地把脖子伸入
他處心積慮為自己
量身定做的
圈套

幽默的輪迴

嗨。我是包可華
我剛剛死去

　他的話還沒說完
　我便聽到一聲響亮的嬰啼

　嗨。我是包可華
　我剛剛出世

附注：美國幽默作家包可華（Art Buchwald, 1925-2007）才嚥下了最後一
口氣，紐約時報的網站便播出他生前預拍的錄影帶，告訴喜愛他
的讀者說：「嗨。我是包可華，我剛剛死去。」

又一個芝加哥蟬季

不容你有片刻的懷疑
上帝造耳朵
就是為了聽這一場
熱烈精彩的生命大辯論

黑暗土中十七年孵化的漫漫孤寂
天日下短短幾天卻無止無盡的歡喜

孤寂孤寂孤寂
歡喜歡喜歡喜

孤寂歡喜孤寂歡喜
寂－喜－寂——

嘰——

附記：今年是芝加哥的蟬季，這種十七年才得一見的蟬是一種神秘的昆
蟲，幼蟲要在土中孵育十七年才成形。這可能是昆蟲中生命週期
最長的一種。十七年的週期目前還沒有科學解釋。一般的說法是
為了逃避天敵（多數天敵的生命週期都是一，二，三，五。十七
不是這些數字的倍數，不會和天敵的週期同步），以保存物種。
蟬季通常在五月下旬開始，成形的蟬在午夜時分紛紛從土中爬上
地面，在天明時羽翼便已堅實，雄蟬可振翅高歌，吸引異性，交
尾產卵後死去。在芝加哥的蟬區，蟬聲震耳欲聾，非常壯觀。

青銅縱目面具

——三星堆遊記之一

戴上面具
當然是為了
讓我們摸不著頭腦
猜不出這些神秘客的來龍去脈

但還是隱隱透露了消息

陰暗的地底下
灼灼瞻望了幾千年的
目光
在青銅面具上
頂出一雙圓柱的凸眼
咚咚猛撞
我們的胸膛

青銅立人像
——三星堆遊記之二

2.62米高高在上的高瞻遠矚
知道千百年後
人們會紛紛揣測
當初握在他那雙大手裡的
是一根搗米棍
或一支光溜溜的象牙
或竟是剛出世
桀驁不馴的一條小龍

其實他嘴角憋住的一絲笑紋
早明白告訴我們
他手裡握著的
只是一個沒有謎底的謎
一個沒有惡意的
惡作劇
一股無形無色無頭無尾來去自如
甚麼都不是
卻甚麼都是的
氣

冬宮夏宮大宮小宮
——俄羅斯遊之一

喝地一聲

齊齊向天托起

一個個富麗堂皇的穹頂

仰望的眼睛

突然潤濕模糊了起來

當腥味的血汗

自無數雙青筋暴脹的手

穿越明明暗暗的年代

驟雨般飛濺過來

馬桶的現實

——俄羅斯遊之二

才沒幾天的功夫
他便已習慣於
高大的俄羅斯帝國夢——
粗壯的石柱
高聳的穹頂
富麗堂皇的教堂
更富麗堂皇的皇宮
最大的炮最洪的鐘最高的塑像
還有他下榻的五星級酒店裡
那難以跨入的浴缸
腳不著地的馬桶

是的
是該死的美國馬桶
讓他一下子跌回了
現實

普天之下

——題涂志偉畫《鄭和船隊》

寬厚沉穩的船頭
在瀰漫的濃霧中
緩緩
向豐滿多汁的
胸脯
溫存挨近

把天下的女子
都當成自己
心愛的小女兒
難怪七次臨幸
卻依然是個
處女
島

山暮

沒有秒針的滴答
或鳥雀的唧喳
沒有日影掠過窗檻
或風的腳步
在葉上沙沙作響
我也許不會覺察
自你眼角
瀰漫開來的
黃昏

一隻粗魯的手
帶著陰影
正緩緩伸向你
驕傲叛逆的
額頭

蝴蝶標本

彩翅～
　　麗日～
　　　　清風～
　　　　花香～
　　鳥語～
眼波～

一網打盡

博物館裡
昏暗燈下
被釘死的
拉丁學名

藍色小企鵝
——澳洲遊記之一

被禁止閃光的眼睛
根本無法分辨
他們是從無邊的大海
或黑夜的後台
走出來的

不喧譁
不爭先恐後
這些聽話的幼稚園孩子們
列隊魚貫上台
白胸的戲裝
在昏暗的燈光下
隱約閃亮

無需任何台詞
或表情動作

他們用蹣跚的腳步
一下下
踩濕了
台下凝注的眼睛

神仙企鵝
——澳洲遊記之二

為自由狂歡
一整天牠們又在免費的海上大酒吧裡
流連忘返
終於喝得酩酊大醉
一個接一個
摸黑上岸

渾然不覺我們窺伺的眼睛
牠們在沙灘上列隊操練
左＿右＿左＿＿右
努力把跟蹌的腳步
化為優雅的波浪動作
在抵達家門之前

附注：二十世紀二十年代便落戶於澳洲菲利普島（Phillip Island）上的企
鵝，是世界上十七種企鵝中體積最小的。身高只有三十三公分，
體重約一公斤，羽毛灰藍色。被人們稱為「小藍企鵝」（Little
Blue Penguin）或「神仙企鵝」（Fairy Penguin）。

醒來

你當然沒見過
　　　從鳥鳴中升起
這個屬於今天的
　　　鮮活世界

每道光
　　　都明亮燦爛
每次愛
　　　都是初戀

黑天鵝

波光流蕩的舞台上
從古典悲劇中走出的
一位雍容華貴
穿黑禮服的皇后

所有的眼睛
（著魔的男人們以及
既羨且妒的女人們）
都緊緊盯著她
那黑得發亮
不戴首飾卻優美無比的脖子

當她輕輕把弧形的脖子向前伸──直──
整個世界彷彿也被拉長了一大截
而豁然明亮

創世紀2

創作了「白晝」之後
上帝這位大藝術家
又調配了各式各樣的顏色
野心勃勃
想趁勢再畫幾幅
不朽的作品

但任他怎麼塗抹
就是塗不掉
黃昏的畫布上
那雙惆悵的眼神

終於按捺不住
越來越膨脹的藝術家脾氣
他順手抄起一桶黑漆
猛潑了過去
沒想到就這樣完成了
題為「黑夜」的傑作

鏡子

明察秋毫
一絲白髮
一尾皺紋
都不放過

當然也有不板著臉的時候
面對
　　　齜牙咧齒
　　　　　　搔首弄姿
　　　惡作劇的
伸舌頭做鬼臉

以及一個隱秘的
　　　狡黠的
　　　　笑

記憶的戲法
──重返故居

1

凡爾賽宮算得了什麼
他記憶中的故居
比它堂皇明亮
到處是美麗的寶藏

終於盼到這一天
他興沖沖回到了故鄉
穿過幾條狹窄泥濘的小巷
找到了日思夜想的故居

卻發現昔日金碧輝煌的宮殿
一下子縮小變形
堆砌營造了六十年的璀璨夢境
竟在他眼前
隨著失修的門窗牆壁
片片剝落

2

把腳抬得高高
六十年前的快樂小王子
一步跨入
巍峨輝煌的宮殿

卻發現
門坎坍陷了一大截
在四壁蕭然的狹隘房間裡
他成了受困的巨人
動彈不得

連天井頂上那塊曾經照亮
許多個黑夜的遼闊天空
此刻也縮肩垂首
同他迷惘的眼睛
茫然對視

拾虹拾虹
──悼詩人拾虹

你把秋天的最後一道彩虹
悄悄拾起來疊放進口袋裡
走了

芝加哥的天空
陰暗而冰冷

今早讀到你的詩句
「我不是純潔的人」
多年來一直疊放在我心中的
那條彩虹
又一下子湧昇了上來

芝加哥的天空
燦爛而溫暖

春天生日快樂

嫩嫩鬆鬆軟軟輕輕怯怯癢癢
分不清是鳥鳴陽光幼芽清風
還是被冰凍多時的慾望
從泥土從樹上從天空從心底
壓也壓不下禁也禁不了忍也忍不住
紛紛鑽出來爬上來飛過來
溫馨合唱
春天生日快樂

掠過頭頂的一群野鴨
卻只顧嘎嘎亂叫
如一批興奮的鄉下孩子
剛從燈紅酒綠的城市
浪遊歸來

禁果的滋味

禁果掛得越高
攀摘的手伸得越長

每個人心中
都有一窩
蠢蠢欲動的
蛇

你弓起背
把自己塑造成
一隻鮮艷多汁的
蘋果
高高掛在枝頭

耐心等待
弄蛇人的笛聲
悠悠揚起

曲線

歌的
旋律
脈脈的
眼神
側臥的
身
影

比風溫柔
比山蜿蜒起伏
比海澎湃

微張的
唇
星與星
遙遠
而親密的
對話

美酒

水與火
愛與恨
靈與肉
劇烈的交戰
與交融
終歸平靜

年代越久
越澄明

在時間的海面上
盪漾著琥珀色光芒
這隻來自天方夜譚的
魔瓶
正載沉載浮
等待被撈獲
開啟

藝術照

他們在她臉上

抹了一層又一層

厚厚的塗料

把歲月深深淺淺的腳印

都填平掩蓋

然後精工打磨

成一個光滑透亮

鮮嫩的初生蛋殼

再用各色各樣的彩筆

在它上面

描繪出一個

萬紫千紅

塑膠花盛開的春天

惹得一大群蜂呀蝶呀

還有時間那自以為精明的

老傢伙

圍著她團團轉

營營嗡嗡上下翻飛
卻都找不到
一個可落腳下針的
縫隙

重登長城

氣喘吁吁爬上你的脊背
他們只顧慶祝歡呼
自己成為好漢
根本沒看到
污染越來越嚴重的大地上
蜿蜒起伏的
你

擺了幾千年
呼嘯騰空的姿勢
卻始終被一根
無形的鎖鏈
牢牢絆住

煙霧迷茫中
一條
痛苦扭動掙扎
默默
爬行的
龍

海啊海

──丹麥法羅島民在海灘上集體屠殺巨頭鯨

屠殺過後的平靜
血海
不再沸騰

很快夜幕將落下
遮蔽這刺目的紅
讓它靜靜隱入
黑暗的人類記憶

海啊海

雪梨歌劇院

鼓滿的帆

伸展的翅膀

都在那裡蓄勢待發

準備傳送

給人間天上

每隻聳起的耳朵

只等指揮棒猛然揚起

萬籟俱寂中

一串音符

自宇宙某個神秘的角落

悠悠流出

2010年代

大雪2

把所有不合季節的
　　　　熱
　　　　　　情
統統冷卻深埋
然後招引一雙雙不怕冷的腳
去徘徊
　　　去亂踩

去不知所云

瓦礫下的天空

——給震災中獲救的嬰兒

天空蔚藍
高高在上
冷漠而無情

瓦礫下
用骨肉親情
為你撐起的
小小天空
只有幾寸的空間
卻溫暖安全
永遠不會坍塌

遲到的悼歌
——為汶川地震中喪生的學生們而寫

早在他們打下不穩固的地基
架上偷工減料的屋樑
粉刷搖搖欲倒的牆壁的時候
我們就該為你們唱悼歌的

而我們卻都保持緘默
直到地震無情的怪手
一下子把校舍推毀
將你們活埋
才來呼天搶地
唱遲到的悼歌

墨西哥灣漏油事件

鑽─
　　鑽─
　　　　鑽─
　　　　　　鑽─
終於鑽進了
大地母親的心

黑血噴湧
自大海深處
一個止不住的傷口

渾濁的海面上
一群悲天憫人的鵜鶘
正沐浴淨身
把自己
塑成祭品

中秋月

知道

所有

回不了家的

暗淡的眼睛

將徹夜不眠地凝望著她

她把自己

打扮得

又圓

又亮

萬聖節

群魔亂舞——
這一天
戴猙獰面具的小孩
成群結隊
嘻哈大笑

群魔亂舞——
每一天
戴嘻哈面具的大人
成群結隊
猙獰大笑

月下少女

不忍看那雙眼睛

徹夜不眠地

癡望著

天空

他用畫筆

輕輕把它們塗掉

然後在原處

點開兩口無形的小井

讓她心頭激盪的情思

汩汩冒出

漫過臉頰

融入

溫柔如水的

月光

阿里山看日出

只有在這種高度
才看得真切
飽睡了一夜的
臉
明亮端莊
一點都不
像他們說的
毛躁

毛躁
這是毛躁的
黑白照相機
眨著那隻黑白眼睛
告訴我的

附記：煥彰兄來信索台灣山岳詩，憶起當年畢業旅行到阿里山看日出時
　　　的毛躁餿事。事先聽人家說日出只是一瞬間的事，拍照時動作要
　　　快。結果整卷黑白底片竟只拍了太陽雍容的額頭。

日光圍巾

突然
冰雪呼嘯中
光禿禿的
樹
停止了
嗦嗦的抖動
有鳥聲自遠而近
龜縮的脖子
一個個
挺
直
伸
長

我頓時知道
就是這樣的一條圍巾
在那個寒冷的冬天
讓老莫的眼睛

迸出了火花

把巴黎灰暗的天空

渲染成

萬紫千紅

附記：

（1）南方友人來信說：今天我這裡風和日麗，你那邊還是冰天雪地吧，
　　　要不要我剪一匹陽光給你當圍巾？

（2）畫家莫迪里阿尼（Amedeo Modigliani, 1884-1920）以擅畫有優美頎
　　　長脖子的畫像聞名於世。

樹與詩人的對話

樹說
我們比人類幸運
不必花一生的時間
去等待輪迴——
在冬天裡死去
在春天裡活來

詩人說
冬天與春天
黑夜與白晝
每個心跳
每回呼吸
每次眨眼
都是我的輪迴——
在一首陳腐的詩中死去
在一首嶄新的詩中活來

金字塔
——2011年埃及革命

喝地一聲

他們合力向天舉起

三百多個年輕的身體

在十八天之內

赤手空拳

建造了一座

更高更輝煌的

奇蹟

百元大鈔的答案

在當今的社會考卷上
他相信
這是唯一的
正確答案

附注：報載青島有一位中學生因答不出問題，在考卷上貼了一張百元
　　　大鈔。

愛夢

載浮載沉
他知道他是在海裡
但他並不感到孤單
更不期待被拯救

雷霆中
風雨中
翻天覆地的
火山爆發中
這上帝創造的
奇蹟
生命的大海

無邊無際
無窮無盡……

沒有脈搏的人

洶湧沖擊的波浪

終於成了

涓

涓

細

流

日夜環繞著一塊頑石

洗刷安撫

臉不紅

心不跳

附注：發動伊拉克戰爭卻死不認錯的美國前副總統錢尼，不久前在電視上
　　　展示他的「心泵歷程」。這種心泵碰巧是我家大兒子馬凡任職的醫
　　　療器材公司研發生產的，小巧玲瓏，植入病人胸腔內，由體外的
　　　小電池供應電能運轉，取代心臟的血液循環任務。病人能正常活
　　　動，甚至打高爾夫球，唯一不同的是，病人不再有脈搏跳動。

母親

——賀母校北科大百年校慶

忙著看孩子們長大
忙著給孩子們指路

百年如一日

竟不知道自己
越長越青春
美麗

曇花

小時候
半夜裡被母親叫醒
微弱的燈光下
惺忪的眼皮
在花瓣閉攏之前
便已沉沉低垂
但他知道
這曇花將在他的生命中
一現再現

果然
在繁花盛開的曠野
在光影交映的水邊
在樹梢飄過的白雲間
一節美妙的樂曲
一句詩
一個眼神
一掬微笑

都有她婀娜的身影
隱約閃過

今夜
她終於香氣襲人再度盛裝出現
在明亮的燈光下
久久佇候
等他
去把沉睡多年的母親喚醒
用惺忪的睡眼
一起觀看
這永不凋謝的
記憶

曇花之夜

一切都準備好了

沒有烈日照射的舞台
清涼寧謐

最幽雅的色澤
最沁人的清香

就等母親把夢中的小孩搖醒
沉重的眼皮努力撐開
幕徐徐拉啟
笑
一瓣瓣
舒—張——

活來死去

麵包車前輪重重輾過
麵包車後輪重重輾過
卡車前後輪重重輾過
她都還輕輕活著

視而不見的眼輕輕掠過
冷漠的心輕輕飄過
風言風語輕輕拂過
她才重重死去

附注：報載佛山一個名叫小悅悅的女孩在街上被車子撞傷，司機不但不
　　　停車，反而繼續輾壓逃逸，而隨後而來的卡車也照輾不誤。更荒
　　　唐的是過路的行人也都視若無睹，沒有一個伸出援手。最後是一
　　　個掃街的清潔婦把她救起送醫，但已回生乏術。

晨起

拉開窗簾

驚喜發現

陽光漫天燦爛

後院手植的那棵楓樹

仍一身青綠

世界

仍好好地

站在那裡

五顏六色

黑

黑夜給了我黑色的眼睛

我卻用它尋找光明

──顧城

他深深相信

眼睛越黑

越容易找到光明

他讓眼睫毛

棲滿了

烏鴉

白

難得一見

清白
即使在大白天

烏煙瘴氣的
世界
急需一場
刷新的
雪

紅

以為黃昏時
那奪目的夕陽
是誰塞給它的一個
大紅包
十字路口頻拋媚眼的紅燈
是一個個
小紅包

貪腐的夜

醉醺醺地睜一隻眼

閉一隻眼

看著一群肆無忌憚的

鼠輩

在霓虹閃爍卻無比黑暗的街頭

橫衝直撞

在藍綠之間

海平線知道

全心全意擁抱

天空與大海

才能讓自己

開闊

何況這是它

存在的

唯一理由

黃

擁秋風起舞
一圈又一圈
這些落葉
終於在暈眩中
紛紛墜地
在金色陽光裡
發出了一聲聲
如釋重負的
金屬性的
嘆息

褐

只要把腳伸入
這褐色的土地
他便成了一棵
篤定的樹

再猛烈的風雨

最多搖落

枝頭幾片

無關緊要的

葉子

阿拉伯春天

從嚴冬裡醒來
他們齊齊吶喊
春天
春天
給我們春天

然後用炮彈
點燃天空
然後用血
灌溉土地與河流

期望
萬紫千紅的花朵
將紛紛綻放
清冽的活水
將日夜不息地
在河流與人們的心頭
潺潺奔湧

五彩繽紛的煙火
將徹夜照亮
一張張
狂歡的臉龐

耳環

1

左右
拱護的
一對衛星
叮噹搖響
妳燦爛的笑聲

而在陰雲遮住妳的臉
我隨時會迷路的夜晚
是它們準確地標示
曾經溫柔亮麗過的
妳月亮般的
存在

2

看那對風鈴般的耳環
前後左右亂顫的樣子

你會以為
是她敏銳的耳朵
聽到了遠處飄來的
一陣美妙的音樂
或她火山般熱情的心房
有一股壓抑不住的狂喜
正要噴湧而出

只有我知道
是童心未泯的她
在挑逗引誘我
伸出雙手
緊緊握住她的肩膀
猛烈擺動

讓當年撥浪鼓興奮的雨滴
再度打在
天真爛漫的心田上

同大海辯論

同大海辯論是徒然的
你不可能有那麼多口水
更不可能有那麼大的肺活量

最好的辦法
是把自己躺成沙灘
引誘他
一次又一次
熱情澎湃地沖上來
吻你
　　　擁抱你
　　　　　企圖佔有你

而你只躺著
帶著惡作劇的微笑
消遣他
　　　消磨他
　　　　　消耗他

看他一次又一次
徒勞無功
終於精疲力竭
嘆一口長氣
　　　　　頹然退下

心服口服

同麻雀們辯論

在陽光下同麻雀們辯論是徒然的
它們七嘴八舌
蹦上跳下
嘰嘰喳喳
越叫越起勁
哪有你開口的份

只有等太陽也聽得不耐煩了
把臉陰沉下來
它們才會停住

這時候
你只消把腳輕輕在地面上
一頓
嘩的一聲
它們便飛得精光
連個鳥影都不留

同空氣辯論

同空氣辯論是徒然的
不費吹灰之力
它便把你團團圍住
將你的每寸肌膚每個毛孔都占據
甚至鑽進你的鼻子
去探測你的肺你的心

無色無臭
（如果人類不到處撒爛污）
你根本看不到它的蹤影
當你無奈地呼口長氣
它便跟著倒退
但馬上又粘了上來

而等它真的開口
風起雲湧飛沙走石天昏地黑
你再怎麼大聲
它都把你的呼叫拋得遠遠

連你自己都聽不到

所以同它辯論是徒然的
只能平心靜氣
同它廝磨
和平共處同進同出
這樣至少表示
你還活著

春暖花開

面朝——
不，身處
越來越熱
情澎湃的大海
你怎能怪牠們
春情發動
紛紛追逐同類
甚至異類
純交雜交
迫不及待地生下一大堆
純種或
雜種

希望在海水沸騰起來之前
在牠們被煮熟了端上桌子
成為最後的晚餐之前
能有幾條漏網之魚
去傳宗接代

附注：由於近來的氣候異常，海水比往常暖和，導致某些魚類「性」情
　　　大變，紛紛交配繁殖，甚至產生雜種。

彩帶翩翩

小女孩知道
這些身繫藍彩帶
把腳深深插入泥土的
街樹
不是從童話中飛來的
天使

但她深深相信
當她跌倒時
它們都會爭先恐後
飛奔過來
扶持

附注：傍晚時同之群去公園散步，看到社區小學附近許多街樹上繫著藍
　　　彩帶。好奇問鄰居，才知是為一個小學三年級患癌症的女孩子祈
　　　福的。這條街是她上學回家必經之路，為了讓她知道有那麼多人
　　　在關心她祝福她，沿途許多識與不識的人家都主動為她在樹上繫
　　　上了藍彩帶。

小蜻蜓

滿院子的鳥語花香
陽光燦爛
這隻小蜻蜓
卻只顧在樹蔭底下
全神貫注地閱讀
攤開的書頁上
一首後現代詩

根本不理會
我正用前現代的眼光
盯著她高高蹺起的
透明的小尾巴
構思

如何用小時候惡作劇的小手
捕捉一首
天真爛漫的
小詩

新詩創作年表與發表處所

呼氣	創作時間：2000.3.14 發表處所：《聯合副刊》（2000.4.29）；《情詩手稿》（2002.6）；《香港文學》（214期，2002.10）；《新詩界》（第四卷，2003.9）；《曼谷中華日報》（2009.1.30）；《露天吧4——一刀中文網在線作家專號》
癢	創作時間：2000.4.8 發表處所：《聯合副刊》（2000.5.16）；《世界副刊》（2000.8.27）；《笠詩選——穿越世紀的聲音》（2005）；《曼谷中華日報》（2009.1.30）
凱旋門	創作時間：2000.4.8 發表處所：《聯合副刊》（2000.5.16）；《世界副刊》（2000.8.21）；《新詩界》（第四卷，2003.9）
隕星	創作時間：2000.4.28 發表處所：《僑報》（2000.5.13）；《新大陸詩刊》（59期，2000.8）；《詩學季刊》（37期，2001.11）；《新詩界》（第四卷，2003.9）
伊媚兒屠城記	創作時間：2000.5.8 發表處所：《人間副刊》（2000.5.15）；《新大陸詩刊》（59期，2000.8）；《詩刊》（2000.11）
蘭園	創作時間：2000.6.1 發表處所：《中央副刊》（2000.11.7）；《詩潮》（總第103期，2002.1-2）；《新華文學》（60期，2003.12）
雲頂酒店8129號房	創作時間：2000.6.1 發表處所：《人間副刊》（2000.8.22）；《詩潮》（總第103期，2002.1-2）
夜間動物園	創作時間：2000.7.16 發表處所：《中央副刊》（2000.11.7）；《僑報》（2001.4）；《華報》（2001.7.6）；《詩潮》（總第103期，2002.1-2）；《新華文學》（60期，2003.12）；《曼谷中華日報》（2009.3.9）

萬象館	創作時間：2000.7.19 發表處所：《聯合副刊》（2000.8.11）；《世界副刊》（2000.10.28）；《詩潮》（總第103期，2002.1-2）；《新華文學》（60期，2003.12）
超光速	創作時間：2000.7.20 發表處所：《聯合副刊》（2000.10.22）
觀音	創作時間：2000.7.26 發表處所：《人間副刊》（2000.8.22）；《新大陸詩刊》（63期，2001.2）
以心還心	創作時間：2000.8.17 發表處所：《聯合副刊》（2000.10.4）；《新大陸詩刊》（68期，2002.2）；《詩潮》（2005.9-10月號）
尼加拉瓜瀑布	創作時間：2000.10.9 發表處所：《創世紀》（127期，2001.6）；《詩潮》（2005.9-10月號）；《曼谷中華日報》（2009.3.9）
情色網	創作時間：2000.10.9 發表處所：《僑報副刊》（2000.11.6）；《華報》（2001.6.22）；《新大陸詩刊》（68期，2002.2）；《台灣詩學季刊》（38期，2002.3）；《中華現代文學大系》；《曼谷中華日報》（2009.1.30）
秋3	創作時間：2000.10.15 發表處所：《華報》（2001.4.27）；《珍珠港》（17期，2002.1）；《新大陸詩刊》（68期，2002.2）；《台灣詩學季刊》（38期，2002.3）；《笠詩刊》（228期，2002.4.15）；《詩潮》（2005.9-10月號）；《曼谷中華日報》（2009.1.30）
歡喜佛	創作時間：2000.12.10 發表處所：《華報》（2001.6.15）；《新大陸詩刊》（79期，2003.12）；《曼谷中華日報》（2004.9.29）；《創世紀》（140-141期，2004）；《稻香湖》（39／40期，2009.6.10）
小黑驢	創作時間：2000.12.11 發表處所：《華報》（2000.12.15）；《笠詩刊》（221期，2001.2）；《新大陸詩刊》（79期，2003.12）；《詩刊》；《亞省時報》（2005.4.1）；《詩屋》2007年度詩選
白狐狸	創作時間：2000.12.11 發表處所：《華報》（2000.12.15）；《笠詩刊》（221期，2001.2）；《新大陸詩刊》（79期，2003.12）；《詩刊》；《亞省時報》（2005.4.1）；《詩屋》2007年度詩選

這顆子彈	創作時間：2000.12.14 發表處所：《華報》（2001.5.25）；《藍星詩學》（2001端午號）；《曼谷中華日報》（2005.6.13）；《詩潮》（2005.9-10月號）；《風笛》（331期，2006.2.24）
時差2	創作時間：2001.1.6 發表處所：《聯合副刊》（2001.3.4）；《世界副刊》（2001.3.31）；《香港文學》（197期，2001.5）；《華報》（2001.6.8）；《佛山文藝》（2002.6）；《曼谷中華日報》（2009.1.30）
縴夫之歌	創作時間：2001.1.17 發表處所：《橄欖樹》（2001.3.30）；《笠詩刊》（229期，2002.6）；《珍珠港》（20期，2002.12）；《曼谷中華日報》（2003.2.17）
長恨歌	創作時間：2001.2.1 發表處所：《華報》（2001.3.23）；《詩學季刊》（37期，2001.11）
頻對頻	創作時間：2001.2.8 發表處所：《笠詩刊》（236期，2003.8）；《文心》2005春季刊（總第2期）；《羊城晚報》（2006.2.14）
金鎖記	創作時間：2001.2.13 發表處所：《辰報》（2001.2.16）；《僑報》（2001.2.20）；《幼獅文藝》（570期，2001.6）；《文心》2005年春季刊（總第2期）
長恨續歌	創作時間：2001.2.16 發表處所：《辰報》（2001.2.23）；《新大陸詩刊》（65期，2001.8）；《文學台灣》（43期，2002秋季號）
虞姬舞劍	創作時間：2001.2.21 發表處所：《華報》（2001.3.16）；《聯合副刊》（2001.6.25）；《香港文學》（206期，2002.2）；《佛山文藝》（2002.6）；《乾坤詩刊》（34期，2005夏季號）；《常青藤》詩刊（No，2，2005.12）；《詩*心靈》，（卷一，文化走廊，2010）
七步詩	創作時間：2001.2.21 發表處所：《華報》（2001.3.9）；《香港文學》（206期，2002.2）；《藍星詩學》（2002新春號）
編鐘	創作時間：2001.3.28 發表處所：《華報》（2001.4.20）；《人間副刊》（2001.6.6）；《台港文學選刊》（2005第1期）；《新大陸詩刊》（65期，2001.8）；《九十年詩選》（焦桐主編）；《赤道風》（60期，2005.1）；《新時期文學三十年》（姚園等主編）

直布羅陀	創作時間：2001.5.26 發表處所：《藍星詩學》（2001端午號）；《台灣詩學季刊》（38期，2002.3）
再生器	創作時間：2001.6.20 發表處所：《文學台灣》（41期，2002.1）
米羅米羅	創作時間：2001.6.20 發表處所：《文學台灣》（41期，2002.1）；《華報》（2003.2.14）
內衣	創作時間：2001.8.22 發表處所：《新大陸詩刊》（66期，2001.10）；《中國微型詩萃》（第二卷，2008.11）
微雨中登天安門	創作時間：2001.9.8 發表處所：《創世紀》（131期，2002.6）；《華報》（2003.1.3）
失眠，在西安	創作時間：2001.9.23 發表處所：《人間副刊》（2001.10.27）；《馬尼拉世界日報》（2002.1.3）；《佛山文藝》（2002.6）；《華報》（2003.1.17）；《新時期文學三十年》（姚園等主編）
陽關	創作時間：2001.10.4 發表處所：《馬尼拉世界日報》（2002.1.3）；《藍星詩學》（12期，2001耶誕號）；《華報》（2002.12.20）；《大風箏》（2002年上卷）；《銀河系》（2003.6）
911	創作時間：2001.10.10 發表處所：《新大陸詩刊》（67期，2001.12）；《創世紀》（131期，2002.6）；《大風箏》（2002年上卷）
圓明園	創作時間：2001.10.11 發表處所：《新大陸詩刊》（67期，2001.12）；《馬尼拉世界日報》（2002.1.3）；《藍星詩學》（12期，2001耶誕號）；《大風箏》（2002年上卷）；《銀河系》（2003.6）
天池	創作時間：2001.10.12 發表處所：《新大陸詩刊》（67期，2001.12）；《文學台灣》（43期，2002秋季號）
五體投地	創作時間：2001.10.17 發表處所：葡萄園（154期，2002年夏季號）
戈壁沙漠	創作時間：2001.10.31 發表處所：《世界副刊》（2002.1.2）；葡萄園（154期，2002.夏季號）

飛天	創作時間：2001.11.8 發表處所：《馬尼拉世界日報》（2002.1.3；2002.2.14）；《大風箏》（2002年上卷）；葡萄園（154期，2002年夏季號）；《創世紀》（131期，2002.6）；《銀河系》（42-43期，2003.6）；《世界副刊》（2004.8.31）；《香港作家》（2008／3）
反彈琵琶	創作時間：2001.11.8 發表處所：《創世紀》（131期，2002.6）；《香港作家》（2008／3）
小海灣	創作時間：2001.12.23 發表處所：《聯合副刊》（2002.4.16）；《藍星詩學》（2002新春號）；《新大陸詩刊》（70期，2002.6）；《世界副刊》（2002.7.17）；《新詩界》（第四卷，2003.9）；《香港作家》（2008.3）
橋	創作時間：2002.2.2 發表處所：《聯合副刊》（2002.4.16）；《文學台灣》（43期，2002秋季號）；《香港作家》（2008.3）；《當代畫壇》（2009.1）；《稻香湖》（39／40期，2009.6.10）；《越南華文文學季刊》（第5期，2009.7.12）；《風笛詩社南加專頁》（77期，2009.7.24）；《詩*心靈》，（卷一，文化走廊，2010）
泥菩薩悲歌	創作時間：2002.2.24 發表處所：《華報》（2002.5.10）；《新大陸詩刊》（70期，2002.6）；《文學台灣》（43期，2002秋季號）
床戲	創作時間：2002.3.13 發表處所：《新大陸詩刊》（70期，2002.6）；《創世紀》（135期，2003.6）；Dear Epoch——《創世紀》詩選1994～2004；《常青藤詩刊》（No.2，2005.12）
花市	創作時間：2002.3.18 發表處所：《新大陸詩刊》（71期，2002.8）；《創世紀》（135期，2003.6）；《詩潮》（133期，2007年1-2月）
電視戰爭	創作時間：2002.4.7 發表處所：《新大陸詩刊》（71期，2002.8）；《世界副刊》（2002.8.10）
端午沱江泛舟	創作時間：2002.6.24 發表處所：《新詩界》（第四卷，2003.9）；《創世紀》（140-141期，2004）；《聯合文學》（252期，2005年10月號）；《香港作家》（2008／3）

拋夢線	創作時間：2002.6.28 發表處所：《新詩界》（第四卷，2003.9）；《創世紀》（140-141期，2004）；《聯合文學》（252期，2005年10月號）；《香港作家》（2008／3）
買紅豆項鏈記	創作時間：2002.6.29 發表處所：《海南日報》（2002.8.12）；《新大陸詩刊》（73期2002.11）；《華報》（2003.4.11）；《美哉海南島》（海南省文化歷史研究會主編，長征出版社，2003.8）
鹿回頭	創作時間：2002.7.1 發表處所：《海南日報》（2002.8.12）；《新大陸詩刊》（73期2002.11）；《華報》（2003.7.18）；《美哉海南島》（海南省文化歷史研究會主編，長征出版社，2003.8）
深夜在亞龍灣沖浪	創作時間：2002.7.2 發表處所：《新大陸詩刊》（73期2002.11）；《世界副刊》（2003.1.30）；《美哉海南島》（海南省文化歷史研究會主編，長征出版社，2003.8）；《中國風》（第四期，2007年3月號）
天涯海角	創作時間：2002.7.4 發表處所：《海南日報》（2002.8.12）；《新大陸詩刊》（73期2002.11）；《華報》（2003.6.6）；《美哉海南島》（海南省文化歷史研究會主編，長征出版社，2003.8）
興隆熱帶花園	創作時間：2002.7.4 發表處所：《海南日報》（2002.8.12）；《新大陸詩刊》（73期2002.11）；《美哉海南島》（海南省文化歷史研究會主編，長征出版社，2003.8）；《乾坤詩刊》（56期，2010冬季號）
謊話連篇	創作時間：2002.7.6 發表處所：《僑報》（2002.9）
玉墜項鏈	創作時間：2002.8.18 發表處所：《詩網絡》（7期，2003.2）；《新詩界》（第四卷，2003.9）；《風笛詩社專輯》（49期，2005.7.29）；《中國詩歌選》（2005）；《露天吧4——一刀中文網在線作家專號》
來自故鄉的歌	創作時間：2002.8.18 發表處所：《新詩界》（第四卷，2003.9）；《中國詩歌選》（2005.5）；《笠詩刊》（254期，2006.8）；《風笛》（99期，2007.8.24）
春4	創作時間：2002.8.20 發表處所：《詩網絡》（7期，2003.2）；《中國詩歌選》（2005）；《笠詩刊》（254期，2006.8）

初秋遊杜甫草堂	創作時間：2002.10.3 發表處所：《華報》（2002.11.8）；《新大陸詩刊》（74期，2003.2）；《新華文學》（Vol：58，2003.4）；《中國風》（第四期，2007.3月號）；《聯合副刊》（2010.10.8）；《三星堆文學》（2007年第2期）
馬王堆濕屍	創作時間：2002.10.3 發表處所：《華報》（2002.11.8）；《新大陸詩刊》（74期，2003.2）；《新華文學》（Vol.58，2003.4）；《中國風》（第四期，2007.3月號）；《白紙黑字》（中國戲劇出版社，2007.4）；《三星堆文學》（2007年第2期）；《詩中國》2011典藏卷（2012.5）
在李白故里向詩人問好	創作時間：2002.10.4 發表處所：《華報》（2002.11.8）；《新大陸詩刊》（74期，2003.2）；《新華文學》（Vol.58，2003.4）；《三星堆文學》（2007年第2期）；《聯合副刊》（2010.10.8）
鏡海	創作時間：2002.10.4 發表處所：《華報》（2002.11.8）；《東方文化》（65期，2003.5.20）；《新華文學》（vol：59，2003.8）；《中國風》（第四期，2007.3月號）；《稻香湖》（31-32期，2007.3.5）；《三星堆文學》（2007年第2期）；《世界副刊》（2008.3.8）；《自由副刊》（2010.12.1）
海子	創作時間：2002.10.5 發表處所：《華報》（2002.11.8）；《東方文化》（65期，2003.5.20）；《新華文學》（59期，2003.8）；《三星堆文學》（2007年第2期）；《自由副刊》（2010.12.1）
同大熊貓合影	創作時間：2002.10.17 發表處所：《華報》（2002.11.8）；《新大陸詩刊》（75期，2003.4）；《三星堆文學》（2007年第2期）；《世界詩人季刊》（總第56期，2009.11.8）
轉經輪	創作時間：2002.10.18 發表處所：《華報》（2002.11.8）；《東方文化》（65期，2003.5.20）；《三星堆文學》（2007年第2期）
秋葉3	創作時間：2002.10.22 發表處所：《國語日報》（2002.12.12）；《馬來西亞自由日報》（2003.9.19）；《新大陸詩刊》（81期，2004.4）
鄰居的盆花	創作時間：2002.10.23 發表處所：《新大陸詩刊》（75期，2003.4）；《乾坤詩刊》（56期，2010冬季號）

虹	創作時間：2002.11.2 發表處所：《國語日報》（2002.12.18）；《新大陸詩刊》（75期，2003.4）；《馬來西亞自由日報》（2003.9.19）
紅披肩	創作時間：2002.11.9 發表處所：《新大陸詩刊》（81期，2004.4）；《笠詩刊》（254期，2006.8）
地皮，月皮，肚皮	創作時間：2002.12.12 發表處所：《華報》（2003.3.14）；《山西環境報》（2003.4.18）；《加華作家》（第十期，2003冬）；《新大陸詩刊》（84期，2004.10）；《笠詩刊》（254期，2006.8）
遙控	創作時間：2003.1.30 發表處所：《華報》（2003.5.9）；《人間副刊》（2003.6.14）；《加華作家》（第十期，2003冬）；《新大陸詩刊》（90期，2005.10）
緊急裝備	創作時間：2003.2.22 發表處所：《人間副刊》（2003.3.6）；《新大陸詩刊》（76期，2003.6）；《華報》（2003.6.20）
輪迴	創作時間：2003.4.1 發表處所：《六香村論壇》（2003.5.5）；《新詩歌》（2003.6）；《新大陸詩刊》（80期，2004.2）；《華報》（2004.4.2）；《新華文學》（61期，2004.5）；《中國詩歌選》（2005）；《笠詩選——穿越世紀的聲音》（2005）
沙漠之花	創作時間：2003.4.4 發表處所：《新大陸詩刊》（77期，2003.8）；《華報》（2004.4.16）；《新華文學》（61期，2004.5）；《笠詩刊》（240期，2004.4.15）
杜鵑花	創作時間：2003.4.9 發表處所：《新大陸詩刊》（77期，2003.8）；《中華日報》（曼谷，2003.6.12）；《笠詩刊》（239期，2004.2.15）
SARS街景	創作時間：2003.5.16 發表處所：《新大陸詩刊》（80期，2004.2）；《華報》（2004.4.30）；《笠詩刊》（239期，2004.2.15）
給一隻鳥畫像	創作時間：2003.5.16 發表處所：《新大陸詩刊》（80期，2004.2）
給一朵花寫生	創作時間：2003.6.25 發表處所：《世界副刊》（2003.7.22）；《世界日報·湄南河副刊》（2005.5.24）；《笠詩刊》（254期，2006.8）；《創世紀》（148期，2006.9）

禪	創作時間：2003.10.21 發表處所：《創世紀》（154期，2008.3）；《紅杉林》（2008-2009年冬春季合刊）；《情詩季刊》（總17期，2009秋之卷）
創世紀1	創作時間：2003.10.21 發表處所：《創世紀》（154期，2008.3）
在天涯海角懷念 蘇東坡	創作時間：2003.11.5 發表處所：《華報》（2003.11.21）；《風笛詩社專輯》#14（2004.2）；《世界日報·湄南河副刊》（205.5.24）；《創世紀》（148期，2006.9）
那個命定的時刻	創作時間：2003.11.27 發表處所：《新大陸詩刊》（85期,2004.12）
傷逝	創作時間：2004.3.13 發表處所：《新大陸詩刊》（83期，2004.8）；《華報》（2004.9.24）；《笠詩刊》（250期，2005.12）
不該停靠的站	創作時間：2004.3.13 發表處所：《世界副刊》（2004.4.20）
都是年輪惹的禍	創作時間：2004.4.6 發表處所：《新大陸詩刊》（82期，2004.6）；《笠詩刊》（250期，2005.12）
威廉斯詩旋律的 變奏A	創作時間：2004.6.2 發表處所：《笠詩刊》（243期，2004.10）；《新大陸詩刊》（91期，2005.12）；《詩潮》（133期，2007年1-2月）；《香港文學》（2007.3）；《當代詩壇》（2009.1）；《稻香湖》（39／40期，2009.6.10）；《20世紀華文愛情詩大典》（駱寒超、董培倫主編，作家出版社，2008.7）
威廉斯詩旋律的 變奏B	創作時間：2004.6.3 發表處所：《華報》（2004.8.13）；《笠詩刊》（243期，2004.10）；《香港文學》（2007.3）；《新大陸詩刊》（91期，2005.12）；《情詩季刊》（總17期，2009秋之卷）；《20世紀華文愛情詩大典》（駱寒超、董培倫主編，2008.7）
威廉斯詩旋律的 變奏C	創作時間：2004.6.4 發表處所：《笠詩刊》（244期，2004.12）；《香港文學》（2007.3）；《新大陸詩刊》（91期，2005.12）
威廉斯詩旋律的 變奏D	創作時間：2004.6.7 發表處所：《華報》（2004.8.13）；《笠詩刊》（244期，2004.12）；《香港文學》（2007.3）

威廉斯詩旋律的 變奏E	創作時間：2004.6.15 發表處所：《笠詩刊》（244期，2004.12）；《新大陸》（97期，2006.12）；《華報》（2004.8.13）；《詩*心靈》（卷三，文化走廊，2012.4）
威廉斯詩旋律的 變奏F	創作時間：2004.6.19 發表處所：《聯合副刊》（2005.2.16）；《笠詩刊》（244期，2004.12）；《新大陸》（97期，2006.12）；《情詩季刊》（總17期，2009秋之卷）；《20世紀華文愛情詩大典》（駱寒超、董培倫主編，2008.7）
新苗	創作時間：2004.7.2 發表處所：《人間》（2005.7.22）；《新大陸》（97期，2006.12）；《詩潮》（133期，2007年1-2月）；《華報》（2007.6.4）
紅木森林	創作時間：2004.7.20 發表處所：《九寨溝中學》（2008.11，第二期）
海獅穴	創作時間：2004.10.14 發表處所：《聯合副刊》（2005.2.16）；《世界副刊》（2005.3.15）；《九寨溝中學》（2008.11，第二期）；《紅杉林》（2008-2009年冬春季合刊）
鯨魚出沒的黃昏	創作時間：2004.11.8 發表處所：《人間副刊》（2005.8.3）；《上海詩人》（第三期，2007年12月號）；《九寨溝中學》（2008.11，第二期）；《紅杉林》（2008-2009年冬春季合刊）
一定有人哭泣	創作時間：2004.11.13 發表處所：《我們月刊》（12期，2004.12）；《永遠的張純如》（2004.12）；《中國詩歌選》2004─2006年卷；《世界副刊》（2004.11.29）；《曼谷中華日報》（2006.6.28）
最後一隻老虎之死	創作時間：2004.12.4 發表處所：《聯合副刊》（2005.2.8）；《詩網絡》（20期，2005.4）；《風笛》76期（2006.9.22）；《詩屋》2007年度詩選
82 vs. 28	創作時間：2004.12.21 發表處所：《情詩季刊》（總17期，2009秋之卷）；《風笛》（37期，2005.2.11）
南亞海嘯	創作時間：2005.1.6
海嘯時刻	創作時間：2005.1.7 發表處所：《詩網絡》（19期，2005.2）；《笠詩刊》（254期，2006.8）；《曼谷中華日報》（2006.7.26）；《創世紀》（148期，2006.9）；《當代世界華人詩文精選》2007

屋檐下正在融化的冰柱	創作時間：2005.2.19 發表處所：《風笛詩社專輯》43；《人間副刊》（2006.2.12）；《創世紀》（148期，2006.9）；《中國詩歌選》2004-2006年卷；《詩天空》（2007年春季號）；《詩潮》（133期，2007年1-2月）
昆明石林	創作時間：2005.6.12 發表處所：《香港文學》（253期，2006.1）；《風笛詩社專輯》之72（2006.7.28）；《笠詩刊》（254期，2006.8）；《創世紀》（148期，2006.9）；《紅杉林》2010年夏季號
在自助洗衣店	創作時間：2005.6.15 發表處所：《世界副刊》（2005.10.11）；《創世紀》（148期，2006.9）；《上海詩人》（第三期，2007年12月號）
願你有張吊網床	創作時間：2005.6.20 發表處所：《新大陸詩刊》（89期，2005.8）；《風笛》（55期，2005.10.21）；《海南詩文學》（2007.7.28）；《珍珠港》（2007.11）；《創世紀》（154期，2008.3）
混沌初開	創作時間：2005.6.26 發表處所：《情詩季刊》（總17期，2009秋之卷）；《珍珠港》（2007.11）
鳥魚詩人	創作時間：2005.7.1 發表處所：《詩潮》（2006.1-2月號）；《詩網絡》（25期，2006.2）；《笠詩刊》（252期，2006.4）；《現代詩手帖》（8期，2006.8，東京）；《風笛詩社專輯》之79（2006.11.3）；《海南詩文學》（2007.7.28）
卡翠娜	創作時間：2005.9.20 發表處所：《詩天空》（第四期，2005.11.15）；《笠詩刊》（252期，2006.4）；《香港文學》（253期，2006.1）
安魂曲	創作時間：2005.10.28 發表處所：《我們月刊》（56期，2005.11.15）；《詩網絡》（25期，2006.2）；《新大陸詩刊》（95期，2006.8）；《中國當代漢詩年鑒》（大眾文藝出版社，2008）；《笠詩刊》（289期，2012.6）
感恩節火雞特赦	創作時間：2005.11.27 發表處所：《新大陸詩刊》（92期，2006.2）；《詩潮》（2006.1-2月號）；《笠詩刊》（252期，2006.4）
瀕臨滅絕的物種	創作時間：2006.2.5 發表處所：《聯合副刊》（2006.2.19）；《世界副刊》（2006.3.11）；《新大陸詩刊》（94期，2006.6）；《北美楓》期刊2008年專輯；《九寨溝中學》（2008.11，第二期）；《新時期文學三十年》（姚園等主編）

羅密歐與茱麗葉	創作時間：2006.2.24 發表處所：《珍珠港》（2007.11）；《北美楓》期刊2008年專輯；《自由副刊》（2010.4.27）《乾坤詩刊》（55期，2010秋季號）
那年冬天	創作時間：2006.3.6 發表處所：《讓世界在這裡感受清馨和燦爛》（2006，《詩潮》增刊）
復活節的驚喜	創作時間：2006.4.21 發表處所：《海岸線》（2006秋）；《紅杉林》（2008-2009年冬春季合刊）；《新大陸詩刊》（113期，2009.8）；《稻香湖詩刊》（2010.5.10第43／44合期）
猶太區	創作時間：2006.6.11 發表處所：《新大陸詩刊》（95期，2006.8）；《自由副刊》（2010.4.27）
猶太公墓	創作時間：2006.6.11 發表處所：《海岸線》（2006秋）；《曼谷中華日報》（2006.9.23）；《創世紀》（154期，2008.3）；《風笛詩社專輯》之81；《亞省時報》（2006.11.17）；《早安澳大利亞旅遊文學雜誌》第三期；《新華文學》（67期，2007.6）
公共場所上一架 倒置的直升機	創作時間：2006.6.12 發表處所：《海岸線》（2006秋）；《曼谷中華日報》（2006.9.23）；《亞省時報》（2006.11.17）；《早安澳大利亞旅遊文學雜誌　天涯旅人》第三期；《風笛詩社專輯》之85（2007.2.9）
煙火	創作時間：2006.7.9 發表處所：《創世紀》（148期，2006.9）；《世界副刊》（2006.11.19）；《中國詩歌選》（2004-2006年卷）；《詩網絡》（30期，2006.12.31）；《上海詩人》（第三期，2007年12月號）；《乾坤詩刊》（55期，2010秋季號）；《紅杉林》（2010年夏季刊）
織女！織女！	創作時間：2006.7.22 發表處所：《風笛詩社專輯》之77（2006.10.6）；《詩網絡》（30期，2006.12.31）；《新大陸詩刊》（100期，2007.6）
競選	創作時間：2006.7.15 發表處所：《海岸線》（2007春）；《新大陸詩刊》（103期，2007.12）
薩達姆的圈套	創作時間：2006.12.31 發表處所：《新大陸詩刊》（98期，2007.2）；《乾坤詩刊》（55期，2010秋季號）；《中國當代漢詩年鑒》（大眾文藝出版社，2008）
幽默的輪迴	創作時間：2007.1.20 發表處所：《新大陸詩刊》（98期，2007.2）；《香港文學》（275期，2007.11）；《創世紀》（154期，2008.3）

又一個芝加哥蟬季	創作時間：2007.6.3 發表處所：《香港文學》（275期，2007.11）；《海岸線》（2007冬）；《新大陸詩刊》（103期，2007.12）；《乾坤詩刊》（55期，2010秋季號）
青銅縱目面具	創作時間：2007.6.16 發表處所：《三星堆文學》（2007年第2期）；《中國鐵路文藝》（2007.12）；《海岸線》（2008春）；《新大陸》（105期，2008.4）
青銅立人像	創作時間：2007.6.16 發表處所：《三星堆文學》（2007年第2期）；《中國鐵路文藝》（2007.12）；《海岸線》（2008春）；《新大陸詩刊》（105期，2008.4）
冬宮夏宮大宮小宮	創作時間：2007.7.19 發表處所：《海岸線》（2007冬）；《越南華文文學》（第8期，2010.4.15）
馬桶的現實	創作時間：2007.7.19 發表處所：《海岸線》（2007冬）；《越南華文文學》（第8期，2010.4.15）
普天之下	創作時間：2007.9.30 發表處所：《美中新聞》（2007.10.19）；2007-2008《中國詩歌選》
山暮	創作時間：2007.9.30 發表處所：2007-2008《中國詩歌選》；《文訊》（288期，2009.10）
蝴蝶標本	創作時間：2008.1.30
藍色小企鵝	創作時間：2008.3.30 發表處所：《僑報副刊》（2008.6.20）；《風笛詩社專輯》之124（2008.9.5）；《澳洲彩虹鸚》（18期，2009.4）
神仙企鵝	創作時間：2008.4.16 發表處所：《世界副刊》（2008.7.27）；《風笛詩社專輯》之124（2008.9.5）
醒來	創作時間：2008.6.5 發表處所：《僑報》（2008.6.24）；《新大陸詩刊》（108期，2008.10）；2007-2008《中國詩歌選》；《詩潮》（2009.1）
黑天鵝	創作時間：2008.7.18 發表處所：《僑報副刊》（2009.1.5）；2009年《中國詩歌選》；《風笛詩社南加專頁》第55期（2009.1.16）
創世紀2	創作時間：2008.7.22 發表處所：《新大陸詩刊》（110期，2009.2）；《詩潮》（2009.1）

鏡子	創作時間：2008.8.7 發表處所：《新大陸詩刊》（110期，2009.2）；《詩潮》（2009.1）；《乾坤詩刊》（55期，2010秋季號）
記憶的戲法	創作時間：2008.12.10 發表處所：《僑報副刊》（2009.2.12）；《笠詩刊》（272期，2009.8.15）；《新大陸》（117期，2010.4）
拾虹拾虹	創作時間：2009.2.2 發表處所：《情詩季刊》（總17期，2009秋之卷）；《笠詩刊》（270期，2009.4）；《新大陸》（117期，2010.4）
春天生日快樂	創作時間：2009.3.25 發表處所：《僑報副刊》，2009年4月22日；《越南華文文學季刊》（第5期，2009.7.12）；《風笛詩社南加專頁》（77期，2009.7.24）；《新大陸》（117期，2010.4）
禁果的滋味	創作時間：2009.5.5 發表處所：《香港文學》（296期，2009.8）；《僑報副刊》（2009.11.16）；《創世紀》（161期，2009.12）
曲線	創作時間：2009.5.5 發表處所：《香港文學》（296期，2009.8）；《聯合副刊》（2009.8.13）；《世界副刊》（2009.10.9）
美酒	創作時間：2009.8.7 發表處所：《文訊》（288期，2009.10）；《青年作家》（總356期，2010.07下半月）
藝術照	創作時間：2009.9.13 發表處所：《僑報副刊》（2009.11.23）；《創世紀》（161期，2009年12月）《青年作家》（總356期，2010.07下半月）
重登長城	創作時間：2009.11.14 發表處所：《聯合副刊》（2010.2.15）；《香港作家》（2010.03）
海啊海	創作時間：2009.11.23 發表處所：《新大陸詩刊》（117期，2010.4）；《2009年中國詩歌選》；《香港作家》（2010.03）；《文訊》（295期，2010年5月號）
雪梨歌劇院	創作時間：2009.12.29 發表處所：《僑報副刊》（2010.2.22）；《越南華文文學》（第8期，2010.4.15）；《文訊》（299期，2010.9）；《青年作家》（總356期，2010.07下半月）
大雪2	創作時間：2010.1.4 發表處所：《乾坤詩刊》（55期，2010秋季號）；《青年作家》（總356期，2010.07下半月）

瓦礫下的天空	創作時間：2010.3.14 發表處所：《僑報副刊》（2010.5.18）；《自由副刊》（2010.6.28）；《新大陸詩刊》（119期，2010.8）；《青年作家》（總356期，2010.07下半月）
遲到的悼歌	創作時間：2010.4.22 發表處所：《新大陸詩刊》（119期，2010.8）
墨西哥灣漏油事件	創作時間：2010.6.28 發表處所：《聯合副刊》（2010.7.20）；《世界副刊》（2010.8.15）；《越南華文文學》（第10期，2010.10.15）；《三十屆世界詩人詩選》（2010）
中秋月	創作時間：2010.9.14 發表處所：《風笛詩社南加專頁》（135期，2010.9.24）；《初雪》文學期刊（2010年第二期）；《聲韻》（創刊號，2011.8.15）
萬聖節	創作時間：2010.10.10 發表處所：《新大陸詩刊》（125期，2011.8）；《華星報》（總222期，2011.10.28）
月下少女	創作時間：2010.12.28 發表處所：《美華文學》（2011年春季號,總77期）；《聲韻》（創刊號，2011.8.15）
阿里山看日出	創作時間：2011.1.8 發表處所：《美華文學》（2011年春季號，總77期）；《乾坤詩刊（58期，2011夏季號）；《2009-2011優秀網絡詩歌精粹》
日光圍巾	創作時間：2011.1.22 發表處所：《香港文學》（315期，2011.3）；《聯合副刊》（2011.2.26）；《新大陸詩刊》（123期，2011.4）；《越南華文文學》（第14期，2011.10.15）；《世界副刊》（2011.5.14）
樹與詩人的對話	創作時間：2011.2.4 發表處所：《詩*心靈》（卷二，2011.5）；《新大陸詩刊》（125期，2011.8）；《香港文學》（326期，2012.2）
金字塔	創作時間：2011.2.12 發表處所：《新大陸詩刊》（123期，2011.4）；《無界詩歌》（12期，2012.3春季刊）
百元大鈔的答案	創作時間：2011.3.10 發表處所：《新大陸詩刊》（123期，2011.4）；《詩*心靈》（卷二，2011.5）；《世界副刊》（2011.7.31）；《聲韻》（創刊號，2011.8.15）；《香港文學》（326期，2012.2）
愛夢	創作時間：2011.7.2 發表處所：《香港文學》（326期，2012.2）；《創世紀》（170期，2012.3）

沒有脈搏的人	創作時間：2011.9.12 發表處所：《創世紀》（170期，2012.3）
母親	創作時間：2011.9.25 發表處所：《創世紀》（170期，2012.3）；《圓桌詩刊》（35期，2012.3）
曇花	創作時間：2011.10.17 發表處所：《僑報副刊》（2011.12.30）
曇花之夜	創作時間：2011.10.23 發表處所：《圓桌詩刊》（35期，2012.3）
活來死去	創作時間：2011.10.25 發表處所：《世界副刊》（2012.6.24）
晨起	創作時間：2011.10.25 發表處所：《聯合副刊》（2012.2.10）；《世界副刊》（2012.3.18）；《新大陸詩刊》（128期，2012.2）；《乾坤詩刊》（61期，2012春季號）
五顏六色	創作時間：2011.11.25 發表處所：《聯合副刊》（2012.3.27）；《世界副刊》（2012.4.21）
阿拉伯春天	創作時間：2011.12.9 發表處所：《新大陸詩刊》（128期，2012.2）；《乾坤詩刊》（61期，2012春季號）；《圓桌詩刊》（35期，2012.3）
耳環	創作時間：2012.2.1 發表處所：《詩書畫》（總第五期，2012.7）；《創世紀》（172期，2012.9）
同大海辯論	創作時間：2012.2.8 發表處所：《聯合副刊》（2012.6.22）；《新大陸詩刊》（131期，2012.8）；《世界副刊》（2012.8.22）
同麻雀們辯論	創作時間：2012.2.12 發表處所：《馬尼拉世界日報》（2012.6.21）；《海峽詩人》（創刊號，2012.5）
同空氣辯論	創作時間：2012.2.26 發表處所：《新大陸詩刊》（131期，2012.8）；《海峽詩人》（創刊號，2012.5）
春暖花開	創作時間：2012.3.19 發表處所：《創世紀》（172期，2012.9）
彩帶翩翩	創作時間：2012.5.22 發表處所：《僑報副刊》（2012.6.11）；《乾坤詩刊》（63期，2012.8秋季號）
小蜻蜓	創作時間：2012.6.2 發表處所：《僑報副刊》（2012.8.22）

非馬中文詩集

《在風城》（中英對照），笠詩刊社，臺北，1975。

《非馬詩選》，臺灣商務印書館「人人文庫」，臺北，1983。

《白馬集》，時報出版公司，臺北，1984。

《非馬集》，三聯書店「海外文叢」，香港，1984。

《四人集》（合集），中國友誼出版公司，北京，1985。

《篤篤有聲的馬蹄》，笠詩刊社「臺灣詩人選集」，臺北，1986。

《路》，爾雅出版社，臺北，1986。

《非馬短詩精選》，海峽文藝出版社，福州，1990。

《飛吧！精靈》，晨星出版社，臺中，1992。

《四國六人詩選》（合集），華文出版公司，中國，1992。

《非馬自選集》，貴州人民出版社「中國當代詩叢」，1993。

《宇宙中的綠洲—12人自選詩集》，國際文化出版公司，北京，1996。

《微雕世界》，臺中市立文化中心，臺中，1998。

《沒有非結不可的果》，書林出版公司，臺北，2000。

《非馬的詩》，花城出版社，廣州，2000。

《非馬短詩選》（中英對照），銀河出版社，香港，2003。

《非馬集》，國立臺灣文學館，臺南，2009（《非馬集－台》）。

《你是那風：非馬新詩自選集 第一卷 （1950-1979）》，釀出版，台北，2011。

《夢之圖案：非馬新詩自選集 第二卷 （1980-1989）》，釀出版，台北，2011。

《蚱蜢世界：非馬新詩自選集 第三卷 （1990-1999）》，釀出版，台北，2012。

獨特的審美發現　別致的結構方式
——讀非馬的詩

劉士杰

　　美籍華人非馬先生原是一位從事原子物理、能源和環境研究的科學家，令人欽佩的是他同時又是一位著名的詩人、翻譯家和從事繪畫、雕塑的藝術家。科學精神和藝術氣質就這樣完美地統一在他身上。值得提出的是非馬先生從事詩歌創作並非業餘的「客串」，而是當作正業，並且取得了很大的成就。他的詩在海內外享有很高的聲譽，具有廣泛的影響。

　　讀非馬先生的詩給我一個特別的感覺，就是驚奇和新銳。這就使我獲得巨大的閱讀快感。

　　就以他的新著詩集《非馬的詩》而言，其中絕大多數的詩的題材都很普通，都是人所共知，或屢見不鮮，或耳熟能詳的人與事物。然而，就是在這些毫不新鮮的題材中，詩人卻獨具慧眼，偏有獨特的審美發現，給讀者以驚出意表的新鮮感，從而獲得審美的享受和滿足。

　　我們知道，詩的審美意義和價值在於詩的表達方式和結構方式，而不僅僅在於其內容。詩人的目的，並非一定是讓讀者知道那些以前不知道的內容，而是要讓讀者和他一起體味他自己對那些熟悉的事件或事物狀態的特殊經驗方式，為讀者創造一個

新穎的、感情上的獨特體驗。非馬的詩歌創作正是遵循這一藝術法則的。

在「表達什麼」和「怎樣表達」兩個問題中，後者無疑是更為關鍵和至關重要的。那麼，非馬的詩是「怎樣表達」的呢？詩人是用了何種表達方式和結構方式，才使尋常的題材變成新鮮的詩，才化平常為神奇呢？我以為可以從以下幾方面進行探討。

首先，詩人在詩歌創作中，運用了自相矛盾、甚至近乎荒誕的思維方式和結構，使之造成一種驚人的效果。事情看來似乎匪夷所思：詩人好像減少了現實性，卻恰恰增加了讀者的理解力，增加了詩的審美價值。如〈失眠〉一詩：「被午夜／陽光／炙瞎／雙眼的／那個人／發誓／要扭斷／這地上／每一株／向日葵／的脖／子」陽光屬於白天，這本是自然時序的常識。然而，在詩人的作品中，午夜竟然有陽光，不僅有陽光，而且還相當強烈，竟然把「那個人」的雙眼「炙瞎」了！這看來悖乎常理，似乎不可思議，然而，詩人正是用這種自相矛盾、荒誕的思維方式和結構，成功地表現了失眠者極度痛苦的強烈感覺。這裡，詩人又成功地運用了錯覺、幻覺的表現手法。午夜裡的陽光，顯然是失眠者的錯覺、幻覺。因為睡不著覺，失眠者的雙眼大睜著，似乎直視熾烈的陽光。由於深受幻覺中的陽光炙灼之苦，所以對向日葵產生嫉恨心理，才「發誓／要扭斷／這地上／每一株／向日葵／的脖／子」又如：「洶湧的波浪／在陸地上凝住」（〈桂林〉）水陸是互相矛盾的，然而在詩人的筆下，卻不可思議地統一起來了。其實，只要我們掩卷閉目想像一下，桂林那青翠欲滴、此起彼伏的山巒可不活像「凝住」的「洶湧的波浪」？再如：〈啞〉：「伶俐的嘴／有時候／比啞巴還／啞／／連簡簡單單

的／我──／都不敢／說」「伶俐的嘴」和「啞巴」顯然是矛盾的，但詩人說有時候「伶俐的嘴」「比啞巴還啞」。詩人有意通過這兩種形成強烈對照的極端的狀態，諷刺人性的弱點。在看似矛盾、荒誕的表象背後，包含著合理的內涵，表現了詩人敏銳的洞察力和犀利的剖析力。詩的矛盾對比的結構方式確實能給讀者帶來驚奇和新鮮感。非馬顯然深諳此道。

其次，非馬的詩的結構方式的另一個顯著特點是，豐富多彩的感性的知覺內容與深邃睿智的理性的抽象內容的諧調統一。我們知道，僅有豐富多彩的感性的知覺內容，而缺乏深刻睿智的理性的抽象內容，詩就會顯得平庸膚淺。實際上只有在豐富的感性中包含有抽象的概念與範疇，才能反過來又喚起不同尋常的情感。正如十九世紀英國湖畔派詩人、批評家柯爾立治在《文學生涯》一書中所說：詩須有「思想的深度與活力。從來沒有過一個偉大的詩人，不是同時也是個淵深的哲學家。因為詩就是人的全部思想、熱情、情緒和語言的花朵和芳香。」他所說的活力，我理解為情感和力量。別林斯基也曾說過，感情越強烈的作品，其思想性就越強。作為科學家的非馬慣於且擅長於理性思維，也深知理性思維在詩歌創作中的重要，因而他在詩中有意識將感性的知覺內容與理性的抽象內容加以協調統一。在他的詩中，彩虹般的感性內容，分明折射了理性的陽光。這類詩在極具親和力的、感性具象的內容中，卻蘊涵著發人深省的深刻哲理和嚴肅的社會或道德的命題。如〈學畫記〉一詩，表面上寫的是學畫，寫到了「原色」、「調色板」，然而，通過前兩節對所畫對象的既具象又富想像的描述，不難悟出詩人對這些具象的理性思索。第一節詩充滿哲理意味：「不是每一抹晚霞／都燃燒著熊熊的慾火／憂

鬱的原色／並不構成天空的每一片藍」既寫出了具體的顏色，又蘊涵著深刻的哲理。第二節則是寫出了詩人對芸芸眾生的人文關懷。他能從「陽光蹦跳的綠葉」中，聯想到人的「枯黃飄零的身世」，從「每一朵流浪的白雲」中，看到「都有一張蒼白的小臉在窗口痴望」，同樣充滿了理性精神。最後一節更把整個「斑斕的世界」比作「大調色板」，堅信「遲早會調出／一種連上帝都眼紅的顏色」。表現詩人對未來世界美好前景的堅定信念，充滿了樂觀向上的理想主義。此詩以「晚霞」、「天空」、「綠葉」、「白雲」等具體鮮活的意象，表現詩人對現實和未來的思考，使具體的感性內容與抽象的理性內容交相融合。又如黃河，這是無數詩人寫過的題材。詩人一方面傳神地概括了黃河那「挾泥沙而來的／滾滾濁流」的具象特點，另一方面又以其對中華民族苦難歷史的深邃的理性思考，指出「根據歷史書上／血跡斑斑的記載／這千年難得一清的河／其實源自／億萬個／苦難泛濫的／人類深沉的／眼穴」（〈黃河〉），正是這種理性思考，使無數次寫過的題材寫出了新意。除了此類抒情詩在意象中表現理性內容外，詩人還在小敘事詩中，以戲劇性的情節體現理性內容。如〈芝加哥小夜曲〉，詩題是多麼溫馨浪漫，情節富有戲劇性：「一輛門窗緊閉的汽車／在紅燈前緩停了下來」，「一個黑人的身影」突然出現。於是「受驚的白人司機／猛踩油門／疾衝過紅燈／如野兔奔命」，然而，車後傳來的卻是一聲友善的勸買：「買把花吧／今天是情人節」詩到此戛然而止，但卻留給讀者以深長的回味。詩人通過這一戲劇化的情節，深刻地反映了美國的社會問題：暴力和種族矛盾。顯然這首小詩是經過詩人的理性思考後，才結構出來的。類似的詩還有〈跳房子〉和〈初潮〉。如

果說，上面所引的詩是通過白人司機的一場虛驚，深刻揭示美國的社會問題，那麼這兩首詩所表現的則是真實的社會悲劇。人們常可以從傳媒中見到類似的報導。這兩首詩同樣具有情感的巨大衝擊力。在〈跳房子〉中，被子彈擊中的「小女孩嘴邊」，居然露出「壓抑不住勝利微笑」，因為「她的雙腳／終於成功地跳入／粉筆塗畫的／兩個方格」。在〈初潮〉中，「一顆呼嘯而過的流彈」，擊中了未諳世事的小女孩，「紅色的血潮汩汩自她尚未成熟的身體湧出／漸僵的嘴還有話要問呼天搶地而來的母親」。垂死的「紅色的血潮」竟成為這個小女孩「尚未成熟的身體」的初潮。兩首詩都在詩末以天真無邪的小天使般的小女孩與暴力的惡魔作強烈的對照，並以小女孩慘遭殺害的悲劇，激起讀者強烈的情感衝擊波。正如別林斯基所說，情感越強烈，思想性就越強。詩人正是通過感性的形象、富有戲劇性的情節，表現了反對暴力，關愛生命的思想內容。在詩中，燦爛的理性陽光與絢麗的情感花朵交相輝映。

在說到非馬詩的表達方式時，值得一提的是他的語言表達方式。他的詩的語言呈現多種風格：寫實與寫意；機智幽默與冷峻深沉。詩的寫實的語言注重細節描寫。這樣的作品如〈台上台下〉、〈羅湖車站〉，同樣注重細節描寫，前者語含諷刺，後者卻是真情流露。前者寫一個戲子在台上「勾著忠臣孝子的臉」「在眾目睽睽之下／滿嘴的仁義道德」，「但在後台」，他卻「偷偷捏了／身旁的女戲子一把」，一副「偷雞摸狗的猥瑣模樣」。其實，作品所諷刺的不限於那個戲子，其深刻含義在於對那些善於偽裝，具有雙重人格的醜陋人性進行揭露和譏諷。〈羅湖車站〉寫「我」在羅湖車站遇見「手挽包袱的老太太」和

「拄著拐杖的老先生」，明知不是自己的父母親，卻覺得「像極了」。而當自己的父母親，在「離別了三十多年」後，「在月台上遇到」時，他們「彼此看了一眼／可憐竟相見不相識」。此詩用的是白描的語言，十分平易近人，在親切委婉的敘述中，字裡行間流露著真摯的親情。非馬的此類作品多在詩尾來個戲劇性的突現，起到畫龍點睛、突出主題的作用。這相當於唐代詩人白居易在新樂府詩中所運用的「卒彰顯其志」的手法。例如，上述台上演著忠臣孝子的戲子，台下卻偷雞摸狗，形成強烈對照，以此褫其偽裝，還其本相；羅湖車站上的一對老夫婦竟相見不相識，由此痛感海峽兩岸阻隔太久。上面所引的〈跳房子〉、〈初潮〉亦復如此，詩的最後可謂石破天驚，驚出意表，震撼人心，深刻地揭示了主題。同樣震撼人心，催人淚下的作品還有《生與死之歌》，因飢餓而瀕死的索馬里小孩，「在斷氣前／他只希望／能最後一次／吹脹／垂在他母親胸前／那兩個乾癟的／氣球／讓它們飛上／五彩繽紛的天空」。由於飢餓，母親沒有奶水，兩個乳房總是乾癟的。索馬里小孩是活活餓死的。臨死前，他希望能最後吹脹這兩個氣球。把乳房比作氣球，真是奇想、奇語，卻符合小孩天真的幻想，表現了他對果腹，對生存的強烈渴望。詩人一路寫來，最後，落下兩句只改動一字的句子：「慶祝他的生日／慶祝他的死日」。這兩句話，孤立地看，是再平常不過的，在生活中，人們時常會掛在口頭；但是，在這裡，在這首詩的結尾，卻成為撼動讀者情感的巨大的衝擊波。那麼幼小、孱弱，而又那麼短暫的生命！我們似乎可以看到在那面黃肌瘦的小臉上，那雙滿含渴望的大眼睛正望著我們。人們稱讚歐亨利的小說結尾寫得

好，常常出人意外。我可以毫不誇張地說，非馬先生的詩的結尾同樣寫得好，也常常出人意外。

　　非馬的詩的語言表達方式也有寫意的一面。此類詩不重細節描寫，而強調獨特的感受，或總體印象。此類作品如〈人間天上〉、〈松〉等，讀了這樣的詩，猶如觀賞寫意的風景畫。且看詩人寫黃山的霧：「一陣霧過／把眼前的風景／統統抹掉／／我們頓時迷失／不知置身何處──／雲上／或是雲下」（〈人間天上〉）寫出了對黃山霧的迷戀。寫松更是有聲有色：「不怕冷的／請站出來／／唰地一聲／漫山遍谷／頓時站滿了／抬頭挺胸的／青松」（〈松〉）這裡，詩人並沒有去描寫青松的細節，而是寫出了青松給予他的突出的印象，寫出了青松的神韻。特別是用擬人化的手法，把作為植物的青松寫得靈動而富有生氣，好像一排排年輕英武的戰士。又如寫鬱金香：「春天派來的／一群小小的記者／舉著麥克風／在風中／頻頻伸向／過路的行人」，真是新奇的想像，巧妙的構思。詩人根據鬱金香外形的特點，獨出機杼地將之喻為「舉著麥克風」的「一群小小的記者」。這是詩人運用了「不類為類」的「遠取譬」的手法，使這種比喻清新脫俗，不同凡響，給讀者留下深刻的印象。

　　非馬的相當部分的詩的語言非常機智幽默，這類詩寫得才氣橫溢，恣肆靈動，富有深意。如〈特拉威噴泉〉，詩人在寫到把「三枚面值五百里拉的硬幣」拋向噴水池時，緊接著來了這麼一句：「但願它們在落水前還沒太貶值」。只一句話，雖然不無誇張，卻道出了人們對通貨膨脹的擔憂，活畫出人們那種朝不保夕的惶遽心態。這些擔憂和惶遽，卻是用一句看似戲言的調侃來

表現的。又如〈凱旋門〉，凱旋門是迎接凱旋而歸的英雄的門。而在詩人筆下，卻成為「左右跨開巨人般雙腿的」「褲襠」。如今「只有頑皮的風／在它寬容的褲襠下／鑽來又鑽去／不停地鑽來又鑽去」。詩人以風趣幽默的語言完全消解了凱旋門曾擁有的歷史意義和神聖性。同樣，在〈比薩斜塔〉中，他把比薩斜塔喻為「一棵／不能倒塌更不能扶正的／搖錢樹」。最有趣的是〈仰望〉一詩，第一節全部由六個「仰望」組成，接著，詩人寫到「夢想中／終於把自己／也仰望成一座／仰望的銅像高高在上」。寫到這裡，應該說是很高大雄偉，也很神聖了；然而，詩人卻筆鋒一轉，突然急轉直下，令人啼笑皆非地寫下了最後一節：「神氣地／挺著硬脖子／等待一陣暖呼呼／鳥糞的洗禮」。前二節是包袱，到第三節還層層鋪墊，直到最後才抖開，真應了一句俗話：「佛頭著糞」，令人忍俊不禁。〈侏儒的形成〉和〈天葬詩〉是富有寓言意味的詩。前者諷刺那些愛虛榮，好名聲的人，「紛紛／在他自己頭上加冕」，結果反為聲名所累。這些名聲「一下子變得沉重了起來／空空空空／氣錘般／把他錘壓成／侏儒」。而後者簡直是詩人異想天開的產物。詩人巧妙地利用「詩體」與「屍體」諧音，聯想到西藏天葬的習俗，竟「把一個快腐爛了的／詩體／抬上天葬台」。誰知連兀鷹都「不瞅不睬」，「任那些沒有血肉的東西漫天飛舞」，辛辣地嘲笑諷刺那些沒有生命力的詩體。又如〈煙囪2〉：「被蹂躪得憔悴不堪的天空下／縱慾過度的大地／卻仍這般雄勃勃／威而剛」用的是幽默調侃的隱喻手法，以男性性器比附煙囪，卻提出了嚴肅的生態環境的保護問題。

　　非馬詩的語言的冷峻深沉給人留下深刻的印象。所謂冷峻，並不是冷漠，恰恰相反，在冷的表面隱含著熱。詩人往往不直接站出來表態，作價值判斷，而是通過詩本身，通過詩所揭示的事物本質，由讀者自己來作出價值判斷。像上面提到的〈跳房子〉、〈初潮〉、〈生與死之歌〉都是此類作品。〈張大的嘴巴〉、〈惡補之後〉都是冷峻之作，前者以平靜的筆觸，譴責軍國主義不顧人民死活，發動侵略戰爭的罪行。後者則是哀悼跳樓自殺的台灣女生之作。這位女生在「惡補之後」卻「依然／繳了白卷」，詩人最後寫道：「而當你奮身下躍／遠在幾千里外的我／竟彷彿聽到／一聲慘絕的歡叫／搞懂了！終於搞懂了！／加速度同地心引力的關係」，寫得驚心動魄。這兩首詩都在平靜冷峻的敘述中，表現了詩人的火熱感情，表現了詩人悲憫的人性關懷。同樣的作品還有〈一群麻雀〉，詩人別出心裁地設想，從麻雀的視角，看人類的暴力槍擊事件。美國的暴力槍擊事件，媒體時有報導。而此詩的表現角度極為奇特，極富新意，且寫得冷峻深沉，震撼人心。

　　由於非馬詩的語言的表達方式豐富多彩，所以他的詩為讀者帶來新鮮感，陌生感。值得注意的是，非馬先生是一位翻譯家，但是他的詩的語言卻平易流暢，沒有過於西化的弊病。這緣於他受中國傳統詩歌的影響。他曾說過，他喜歡唐詩宋詞。這從他的〈登黃鶴樓〉、〈西陵峽〉等詩中可見一斑。正因為他熟稔並圓熟駕馭漢語和英語兩種語言，所以他的詩的語言顯得非常純熟、靈動、活潑，極富表現力。

　　非馬先生從事詩歌創作至今已有四十年。作為科學家，他在做好科學研究本職工作的同時，堅持筆耕不輟，在詩歌創作的園

地內，嘉卉紛呈，碩果累累。這種對詩歌的執著熱愛，對創作的敬業精神是難能可貴的。我們期待著讀到非馬先生的新作。

作於2001年9月15日星期六
北京芳城園寓所

原載：《美華文學》（2001年11-12月號），《世界華文文學論壇》（第二期，2002.2），《笠詩刊》（229期，2002.6），《曼谷中華日報》（2002.6.17-21）

現代詩神的獨舞

──非馬詩歌論

喻大翔

　　在詩與科學之間波動而形成哲學，這是進入近代以來，一些
思想家們所追求的一種知性境界，並成為卓有影響的哲學流派，
這當然同時影響到藝術與科學的創造。

　　但在較深層次上，將詩與科學有機結合起來，大陸還找不
到這樣一位詩人。非馬身為核工博士，又是寫詩的行家裡手，他
水陸雙棲，且獨闢蹊徑，從創作主體、科學精神與詩歌特質三重
融合上重鑄新的美學本體，形成獨特的真正現代的新詩路數與風
格。有如鄧肯的現代舞，在中國詩壇具有開創的意義。

　　非馬追求詩與科學的融合有著現代理性的清醒與自覺。在
《路‧自序》中說，「作為一個現代知識份子」，「他必須能面
對技術的、經濟的、社會的以及政治的種種問題作整體的考慮與
處置」。並明確表白，科技的訓練，「對我的寫作有相當的幫
助」。他把整個現代知識作為二個系統，並從中選擇最為熟諳的
子系統來創造自己的新詩範型，從而又來表現和顯示所有知識系
統及其要素的本身，這是一個具有真正現代觀念的詩人才能做到
的。他的詩因此不像一般人停止在與科技表層的結合上，而是由
淺入深，貫穿於由最初的可能到文本的構成，演出十分的特別。

　　首先，科技職業提供給詩人物質的溫飽和安定的環境，使之有餘暇從事詩歌創作，研究疲累時，他從詩中獲取心靈的滿足，寫作困頓了，又在「歇腳的驛站」休養整補。而且，這兩種不太同的心理與現實活動，形成了撞擊靈感，互相吸取精髓的深層空間。這些，我們從非馬自己披露的活動和詩創作中都可看到或悟到。

　　其二，科學工作的主動創造性，給他提供了現代哲學崇尚個性與主體意識的依據；而客觀求真的作風，又使他極其注重對現實的觀察與表現。現代科學研究從整體聯繫上探討的精神與打破一切人為界限的寬容情懷，則使他克服著中國人從古代遺留下來的最易流露的狹小時空意識，使他以整個人類為視野，從自然、科技、社會、經濟、政治、歷史、城市、鄉村等極為廣闊的領域，抓獲更富力度與世界意義的題材，以實施他介入社會與時代，並作「忠實批判和記錄」。（〈略談現代詩〉，見《笠》詩刊第80期）我手頭有非馬的四本詩集《非馬集》（三聯書店香港分店，1984‧12）、《四人集》（與王渝、許達然、張錯合著，中國友誼出版公司1985‧8）、《篤篤有聲的馬蹄》（《笠》詩刊社1986‧2）、《路》（爾雅出版社1986‧2），仔細分一下，題材內容主要有六個方面：

（1）對時代政治的披露與鞭笞，如〈鳥籠〉、〈失眠〉、〈獵小海豹圖〉、〈獄卒的夜歌〉、〈劫後〉、〈一千零一夜〉等，這是寫得最多最為深刻、精彩的一部份。

（2）對歷史與世界的記錄與反思，如〈新與舊〉、〈夢遊明陵〉、〈啞〉、〈看划龍船〉、〈夜聽潮州戲〉、〈踏水車〉、〈電視〉、〈巧遇〉等，凝聚著非馬的現代文化觀念。

（3）寫世態炎涼、各種人生相的剖析及自然生態的反省，像〈一

　　女人〉、〈裸奔〉、〈狗〉等。

（4）遊子不可排解的思鄉懷舊，如〈醉漢〉、〈遊牧民族〉、
　　　〈月台上的悲劇〉等。

（5）對弱者、勞動階層的同情與呼籲，如〈香煙〉、〈老婦〉、
　　　〈豬〉等。

（6）自我的焦慮、苦悶、失落、被擠壓、無法把握世界，看破
　　　且無奈等悒鬱情緒，如〈黃昏〉、〈陰天〉、〈五月的晴
　　　空〉、〈山羊〉、〈樹〉、〈霧〉、〈命運交響曲〉、〈芝
　　　加哥之冬〉、〈皺紋〉、〈漂水花〉等。

　　綜合地看，以上六大題材實際上是從不同側面對整個人類
歷史命運整體性思考與凸現。即使是第六類他也絕不只寫主體的
無望和悲哀，而是引出與人群共通的某種感覺與心理，讓人們潛
入詩歌背後拖著的巨大背景，從而對現代社會給現代人帶來的顯
弊與隱弊進行深入的反思。毫無疑問，非馬將科學眼光、鄉土精
神與美學理想一融合，就形成獨特的題材觸角，只要抬起筆，必
定對準世界的歷史、政治與社會，一切平凡細小的意象也都紛紛
歸趨。譬如這首〈梯田〉：「胼手胝足／在陡峭的山坡上／造綠
毯的階梯／給神踏腳／登天」。勞動者用血肉換來的成果，只不
過做某些「神」升天的階梯，（自願的還是被迫的？）而且那綠
毯，走得多麼舒適而得意呢。投機者、愚昧者和旁觀不語者，不
都可以從中觀照一些什麼嗎？然而，大陸寫梯田的詩可謂多矣，
不算捧場的，又哪有非馬的〈梯田〉凝重，恨不得叫人對著歷史
號啕一聲。這首詩同時也證實著詩人主體意識的揮揚。他在一篇
很不錯的雜文中說到：「如果連迎合時尚，討好大眾都會損害到

藝術的完整，我們可以想像得到，為了巴結當權者而心存顧忌，甚至歌功頌德，把藝術當成進身之階的結果。而我們如何能期望，一個沽名釣譽甚至趨炎附勢想分得一點政治利益的人，能替大眾發言，為時代作證，寫下震撼人心的偉大作品？」（《笠》詩刊1986‧6‧15）他不受制於任何貪慾，也不受制於任何力量，在詩的世界裡，他是「一位唯我獨尊的／神」（〈廟〉。雖然反對權威崇拜，崇尚多樣化的他也許不喜歡這樣的稱號。）這種凌虛萬物的自由與他記錄、批判的介入主張相化合，帶給他詩的題材以深邃眼光、博大情懷、精神力度與人類的普遍性意義，與大陸多如繁星的詩人比起來，也是佼佼者。他絕少寫私情甚至愛情，僅有一首寫妻子的〈秋窗〉，也明快而爽朗，即是明證罷。

其三，科學冷靜、嚴密的主要思維方式及其對經驗材料的超越——以追求涵義，（當然也有笠詩社對時代的知性觀照精神）給他不可不感激的繼發過程（1）（思想清醒狀態下使用正常邏輯時的活動方式）的能力，而詩的天性賦予他以原發過程（2）（心靈的無意識的活動方式，亦稱舊邏輯），中年思維能力自覺而成熟的綜合，則達成高度和諧的第三級過程（3）（原發過程與繼發過程的特殊結合）。所以，他的很多好詩飽含知性與感性，有著瘦硬、辛辣、幽邃、外冷內熱的獨特個性。請看這首〈失眠〉：「被午夜太陽／炙瞎雙眼的／那個人／發誓／要扭斷這地上／每一株／向日葵的／脖子」匆匆而過很難讀懂這首詩。有三個重要語象（意象的語符顯示）代表什麼：「向日葵」、「那個人」、「午夜太陽」。似乎完全是精神分裂者的幻覺，純從原發思維產生的相似性同一（把兩件完全不相干的事拉到一起並合為一體）的混亂。但當我們冷靜下來，把它作為有意識的藝術創造來看，

我們就能從「午夜太陽」這矛盾語法，現實荒誕的不可解，被導
向象徵理解的可能，這就讓我們從感覺、不確定的具象、走向理
性與意義。反過來說，即可觸摸作者怎樣從可知的意義與理性
（繼發過程）達成藝術的（使意義具象化並使之同一的原發過
程）的思維脈絡。「午夜太陽」可能是夜戰中的炮彈、流彈、照
明彈、信號彈等的同一，「向日葵」就是戰爭狂人、殺人者或是
喜歡參戰的士兵。「那個人」即指受害者或是反戰而又無力制止
戰爭的人了。詩人看到現代和平的危機，並發掘著危機的根源。
就「葵花朵朵向太陽」的社會心理積澱來說，這首詩揭示的文化
背景是極其有意味的。那麼，「午夜太陽」可能是與某個時代權
威的同一，「向日葵」則是眾多的權威膜拜者。「那個人」看到
權威的萬能與無所不在，正是「向日葵」們過於忠誠與需要的結
果，他的被害（被盲目的一個）既是權威的過錯，但更是「向日
葵」們的愚蒙。這是對崇拜者與被崇拜者、人民自為糞土、而權
威可以愚妄浩劫一個時代的矛盾運動的文化挖掘，令人久久悲
懷。從相似角度，我們還可以發現另一種象徵：「那個人」正是
權威者本身，因為「向日葵」們的過份熱衷與謁拜，已割斷了
「太陽」與權威者的正常聯繫，使「太陽」變成了神，致使權威
自己受到損害。這不能不使覺醒者從「向日葵」，看出權威者本
身的荒謬，於是，他要扭斷所有的「向日葵」，以消滅世人眼中
的參照物，從而使他至高無上的照臨變得稍微合理。如果這種解
讀能成立的話，那麼，則從更深層次上揭示了「向日葵」的悲
劇，而民主的社會也更叫人絕望。導致我們能觸摸到這許多意義
的同一性語象，究其源，並非不自覺的精神分裂症者的舊邏輯，
從科學的正常思維來說，這些語象同時也可叫作概念。非馬在思

維程序裡將深刻的認知與非理性的具象高度綜合，通過相關的聯繫以發現那些建立在原來的定義及熟知物象基礎上卻又沒顯示出的性質，形成語詞在特定語境中共有的言外之意與複義。把對人充滿憂慮與憤慨的火熱情懷用冰涼、瘦辣的風格作幽邃的表現，顯得更為冷靜又更為切進，台灣有評論家稱他為知性的詩人，不是沒有道理。（當然，我並不諱言，他有些詩在達成第三級過程上還做得不夠，如《路》第四輯的一些詩）大陸文壇一提到概念與形象、科學與詩以為水火不容，從非馬的思維特色與詩的融合過程，我們難道不可以體味到什麼嗎？

其四，科學技術簡潔、幹練、嚴謹、合理的實體具象排列與抽象符號形式注入詩中，使非馬詩的字、句、章法結構異常精警、凝練、特出，對中國傳統小詩的形式有創造性發展，甚至可說是非馬式的小詩文本。

詩歌是用語文符號來呈示意象與意味的文學樣式，它與其它文學作品重要區別之一即是構型的獨特，無構型即無表現，非馬有著極強的文體觀念，深知形式的魅力與意義，一方面他用「科技訓練」出來的思維習慣、作風，控制一個詩人常常無法克制的「激情與濫情」，使「文字與形式也比較簡潔」，（《路‧自序》）另一方面，他從形式主義者那裡獲取理論依據，從意象派等現代派藝術那裡學習形式與技巧，並與科學技術的各種合理的形式要素揉而為一，力求「使一首詩成為一個有機的組織」。（〈略談現代詩〉非馬，《笠》詩刊第八十期）七十年代初他就開始了探索，如：

```
云                    總   雪
不                    是   上
知    越      越           的
所    踩      踩           腳
      越      越           印
            深
```

只要我們把「雪」、「深」、「云」三個符號作一個三角形來讀，並且不忽視中間「丫」型空白（我稱之為隱符號）所代表的天空、雪、土地三個混合層次，那麼「雪」的從天而降，「深」的無奈不可拔，「云」（雲）的飄渺空茫，（它同時兼有動詞的職能）就能從這個新穎系統中領悟到了。何其簡潔、合理，並有著文體形式本身的象徵。再瞧〈鳥籠〉（見《非馬集》）：

```
籠鳥還把   走   讓門鳥打
  給自     鳥     籠開
   由      飛      的
```

無論就符號的能指義，所指義，還是整體排列形態，它一直是叫我「驚異」不置的詩。2-4行儼然是一架呈幾何圖形穩固的鳥籠，鳥在裡面受困，它自己也時刻在警惕著自己的職責。由於位置和「開」字本身的構形，第一行的二字又像一把被打開的鎖。它的突兀有力，則使鳥籠的幾何圖形破開一個缺口，鳥就從這個門拍翅而飛了。「走」的符號象徵著鳥，她兩旁空白的隱符

號就是她自由的曠野，四五六三行的距離及其組合，失去了封閉狀態。最後兩行，把「鳥」與「籠」兩字單列作為單個存在的形象，很寓深意，鳥與籠在一起必是一塊禁地，一座監獄，一個悲劇，這都是人為的制約，而拆散了才能各得自由。再與題目一關照，二字仍是一個詞，又加強了側重於鳥籠的象徵。短短九行十七字，字句章的系統構形富於變化，且有抽象的形式美；對於禁錮自由且自我失去自由的社會、組織與個人、家庭與兒女等，無疑是一篇催人警醒的神話。非馬這種詩還有不少，這種隨意賦形、形意兼備、充份發揮整體符號及形式功能的獨到詩藝，是對遠自《詩經》、唐宋七絕五絕、近由冰心、宗白華等人重新演出的小詩文體的不可懷疑的發展，值得中國詩壇刮目相看。

　　非馬從主體意識到文本的思想內容與藝術技巧，都已實現著對兩個主要流派的超越：既是現代派的，也是寫實派的，既非現代派的，也非寫實派的，他確是一個有自己特色的現代詩神。這篇文章，僅就他把現代科學與現代詩歌有機融合的角度而論，我想應是一個有力的說明：新世紀的詩人，只懂人文科學，不懂自然科學，定會失去一隻飛翔的翅膀，以至不能達到理想的山峰。非馬其人其詩的獨創風格，至少對大陸詩壇，將是潛在的衝擊。

原載：《靈感之門》，喻大翔著，南海出版公司，1993年。

非馬的珍珠豆

宗鷹

　　淺顯，未必淺薄；深奧，也非晦澀。非馬的詩融深奧於淺顯。這種淺顯中的深奧，易讀而需品味、尋味、回味。

　　下面這首〈入秋以後〉：

　　　　入秋以後
　　　　蟲咬鳥啄的
　　　　小小病害
　　　　在所難免

　　　　但他不可能呻吟
　　　　每個裂開的傷口
　　　　都頃刻間溢滿了
　　　　蜜汁

　　在亞美副刊發表前很久，就蒙他寄贈。也許由於我已步進入秋之年，所以共鳴不已。這首詩作的緣起，我略有所知。這是為他的太太一場病患而作的。發表前後，我有幾次同他們夫婦相逢相會。我不由自主地在馬太太臉上「搜索」入秋的跡象。確實，

我看到了類似於許多入秋之年婦女所共有的跡象：額頭上淺顯的皺紋，眼角輕微的魚尾紋，兩頰隱約的斑點。但我也看到她特有的臉上的「秋光」。她總是那樣微展笑容，總是那樣怡然自得。我想，她何止在「裂開的傷口」上溢滿了蜜汁，在她心靈上，在她的肺腑裡，都溢滿了蜜汁。

　　我驀然記起去年三月底非馬朗誦他的〈秋窗〉的情景。在芝城華埠，由北美中華藝術家協會為非馬、李立揚舉辦的詩誦會上，他朗誦了自己的舊作和新作。他站在台前入情地朗誦。他太太呢？坐在靠後排座位上忘情地傾聽。他朗誦〈秋窗〉時，我的視線無意地落在馬太太臉上。突然品味到從前讀這首詩所沒有品味到的可以意會而難以言傳的韻味。

　　　　進入中年的妻
　　　　這些日子
　　　　總愛站在窗前梳妝
　　　　有如它是一面鏡子

　　　　洗盡鉛華的臉
　　　　淡雲薄施
　　　　卻雍容大方
　　　　如鏡中
　　　　成熟的風景

　　我想，儘管詩作的意象概括已經超越了詩人的妻子，可是，他的靈感卻無疑觸發於秋窗前的妻子。在對妻子的讚美中，融進

了多少別人難以體味的深情摯意啊！相攜相扶走過漫漫人生道路的「老伴」的醇酒似的濃情摯愛，在這個小小的窗前剪影中得到了哲理化的凝聚，詩意化的昇華。

　　四年多前，我第一次見到非馬。他的打扮那樣素樸無華，他的言談如此謙和無譁。這給我留下了極難忘的第一印象。其後，讀到他同幾位詩友的合集《四人集》，又讀到台灣笠詩刊社出版的《篤篤有聲的馬蹄》。一九八七年，他題贈了一本香港三聯書店出版的《非馬集》。〈電視〉、〈鳥籠〉、〈籠鳥〉、〈傘〉、〈醉漢〉、〈秋窗〉、〈有一句話〉、〈黃河〉等等最令我動心。我常常把讀過的現代詩粗略地分為兩類：水泡餅乾和壓縮餅乾。讀非馬的詩，我卻不由自主地想起一種被稱為「珍珠豆」的花生米。我嚐過四川的天府花生、山東的大花生等多種花生米，都感到甘香可口。但最難忘的是，十多年前從廣州乘長途汽車到湛江。途中在陽江陽春附近一帶車站上買到了一小包珍珠豆。粒小而飽滿、圓實。在汽車上一粒粒地慢慢咀嚼，甘香滿口。旅途結束時，花生米早已吃光，但我彷彿依然可以砸得出那種異香。隔了多少年，直到如今一想起那些珍珠豆，還能產生一種條件反射似的回味。讀非馬的詩，我也常常有這種感受。與多年隔別的母親重聚，有多少細節、瑣事可以鋪陳，有多少心緒、感情可以抒寫。然而在〈醉漢〉中，他卻凝聚成一曲精煉的「愁腸」：「把短短的直巷／走成一條／曲折／迴盪的／萬里愁腸」。他的「至少」、「極少」的意象，使人品味到「至多」、「極多」。即使寫得較長的〈新詩一唱十三和〉，每一詩節依然是讓人產生無窮回味的「珍珠豆」：

〈十一〉

假如你是河水
請繞嶙峋的石岬多來幾個漩渦

等明年春醒
我將扯著你一瀉千里

〈十三〉

假如你是淚珠
請從堅忍的臉上消逝

等明年春醒
你再來為喜極的眼睛下一場滂沱的雨

真叫人味之不盡，品之無窮。
啊，非馬兄，但願你賜我和人們更多的「珍珠豆」。

原載：《亞美副刊》（1990年12月1日）；《華報》（1991年10月10日）

平地噴泉
──談非馬的詩

古繼堂

　　非馬在他的詩集《篤篤有聲的馬蹄》的序言〈詩路歷程〉中，為自己規定了追求的目標「比現代更現代，比寫實更寫實」。也就是說，非馬要熔兩派之長鑄一家詩風。台灣的現代派比較偏重於藝術追求，而鄉土派則比較偏重於內容的表達，兩派各有短長。非馬是台灣鄉土派「笠詩社」的重要成員，他要越出流派的局限，把自己的創作推向更高的境界。和非馬這種創作追求相吻合，非馬在詩歌理論上提出了思想和藝術兩個「至上論」的主張[1]。他認為詩的形式和內容一樣重要，彼此並不衝突，都可以達到至上的境界。作為一個理論和實踐相統一的追求者和探索者，非馬在反映時代，契入生活，鎔鑄主題方面，和台灣的鄉土派同呼吸；而在作品形式的追求，藝術手法的運用方面，又和台灣的現代派共馳騁。

比寫實更寫實

　　非馬是一個時時以清醒的頭腦，敏銳的嗅覺，睜著明亮的眼睛，以炯炯有神的目光，注視著台灣，觀察著美國，遙望著中

---

[1]　見〈中國現代詩的動向〉，載《文季》第二卷第二期，1984年7月出版。

國，環顧著全世界的中國詩人。世界上每個角落都在他的觀點之中。人類社會裡上層的奢侈，中層的掙扎，下層的苦難，都一一攝入他詩的快門。當然一個詩人，有他的母親，有他的基地，有他賴以生存的詩的生活的源頭。而非馬的母親是中國，他的生活的源頭和創作發表的基地，仍然是在台灣。他雖然在美國已有二十多年，但他的詩的根仍然遠遠地深扎在台灣的土壤裡。如果將非馬作品的內容作一個簡要的概括，可以這樣說，他以深沉的人道主義精神，反映了世界人民的苦難，他以詩人的良知和義憤，譴責和抨擊了世界的黑暗與不公。他的作品中既蘊含著深沉的民族情感，也表現了高度的國際主義精神。

我以為在當代台灣著名的詩人中，非馬作品的國際主義精神表現得最為強烈。他這種國際主義精神是一體兩面地蘊含在對殘害人類命運的少數戰爭狂人的嚴厲譴責和對不幸者的呼救。如他的名篇〈電視〉的熒光屏上跳躍的那一粒仇恨的火種引發的大火，燒過中東，燒過越南，燒過一張張焦灼的臉。他的〈戰爭的數字〉，用非常巧妙的方法，明白而又含蓄地諷刺和抨擊了那些戰爭的發動者。詩人用死者的無聲語言，表達了對戰爭主持者的無比憤慨。請看〈戰爭的數字〉：

> 雙方都宣稱／殲敵無數／雙方都聲明／我方無損失／／
> 誰也搞不清／這戰爭的數字／只有那些不再開口的／
> 心裡有數

詩的結尾，用一句「只有那些不再開口的／心裡有數」就含蓄地道出了一切。沒有諷刺的字眼，卻充滿了辛辣的諷刺內容；沒有劍拔弩張的批判詞語，卻迸發出巨大的批判威力。沒有指名道姓地點出戰爭的罪魁禍首，人人卻又能心領神會。該詩為什麼

會有這樣好的藝術效果呢？我想一是詩中有強烈的時代脈搏在跳動，二是這首詩看似沒有技巧，實則包含著詩人豐富藝術匠心的結晶，以及深厚的同情。再請看他的〈老婦〉：

> 沙啞唱片／深深的／紋溝／在額上／一遍又一遍／唱著／／
> 我要活下去／我要活下去／我要活

　　這是一位被摧殘、被毀滅、瀕於死亡邊緣中的勞動婦女爆發式的呼救和反抗。詩人用極短的篇幅塑造了一個鮮明的苦難婦女的形象，她的呼聲永遠在人們耳畔迴響。非馬作品的人道主義精神和國際主義精神，不僅表現在對人禍給人民帶來的災難的譴責上，而且還表現在對貧窮和自然災害給人類造成的不幸的呼救上。他的〈非洲小孩〉等作品，就是這方面的代表作。〈非洲小孩〉一詩，詩人用飽滿的情感和巧妙的筆墨，在十七行詩中就為我們描繪了一幅可怕的非洲飢餓圖。小孩卻有個大得出奇的胃，這胃吸走了笑容，吸乾母親的淚，吸走了乾皮下的一點點肉，終於吸起了眼睛的漠然。一個小孩，一個巨大的胃，吸去了一切，直到吸來死亡。這種選材，這種描寫是多麼準確、生動、簡潔而又有力。假如不是選擇和飢餓緊連在一起的胃，而是選擇乾旱、風沙、缺糧和斷水等，雖然也可以構成作品，但那一定是費力而不討好。最精彩的是詩的結尾幾句：「以及張開的嘴裡／我們以為無聲／其實是超音域的／一聲聲／慘絕人寰的呼叫」。這是詩人從他描寫構圖裡得出的無聲的巨大的聲音。雖然是想像，卻是必然。這已不是一個小孩，一個胃，一個呼聲。而是一幅震天撼地、掀動人們心靈的非洲飢餓圖。由這首詩我們可以看出非馬詩

的表現力是多麼強大，詩人的匠心和技巧是多麼圓熟。看了非馬的詩，誰能對瀕於死亡線上的非洲災民無動於衷呢？

如果說非馬譴責戰爭，詛咒貧困，關心世界各國人民命運的作品，是國際主義的體現，那麼他表現台灣現實的作品，就深深凝集著民族的情感和愛。這是他「比寫實更寫實」所追求的主要目標和反映的主要內容。這方面的作品，在非馬的集子中俯拾即是。這類作品，在寫作方法上又分為兩種不同類型。一種比較概括，一種非常具體。例如〈惡補之後〉是具體描寫一個女中學生在不合理的教育政策的摧殘下跳樓致死的情景。詩人讓事件本身去發言，顯出它所包含的意義。這首詩的首段寫道：「惡補之後／妳依然／繳了白卷／在模擬人生的考試裡／他們給妳出了一道／毫無選擇的／選擇題」。詩人在首段中不僅指出了殺害這位女中學生的兇手是出考試題的「他們」，而且對事件本身的社會意義作了昇華。那就是在這場模擬人生的考試裡，「妳」所能作的只是無可選擇的選擇題——死亡。這種描寫顯然已不限於這位因惡補而自殺的女生一人，也不再是個人的偶發事件，而是一種政策性的惡果，是一大群人的命運。但這種昇華卻是由某女生自殺的具體事件中導引出來的。對於這樣一首充滿悲痛而嚴肅的詩，詩人卻運用了詼諧而沉重的諷刺手法，在結尾寫道：「搞懂了！終於搞懂了！／加速度同地心引力的關係」。這種諷刺手法在一首悲痛而嚴肅的詩中運用，不但沒有破壞詩的氣氛，反而引伸了詩的內涵。除了這種具體的、特指的事件的作品之外，非馬還有大量的非特指的、概括的對某一類事件的描寫，表面上是明寫某類事件，而實際有更大更深的期求。例如〈運煤夜車〉：

　　坍塌的礦坑／及時逃出的／一聲慘呼／照例呼不醒／
泥醉的／黑心／／只引起／嵌滿煤屑的／黑肺／
徹夜不眠地／咳咳／咳咳／咳咳

　　這首詩寫的是近年發生的一連串煤礦災難，而非特指這類
事件中的某一事件。從坍塌的礦坑裡逃出的一聲慘呼，說明逃出
的是聲音而非人。第二段開頭的「照例」二字說明這類慘事經常
發生。喚不醒泥醉的黑心，表面看來是指地心裡致人於死的黑色
的煤，而實際是暗指被利慾薰心，罔顧礦工安危，只知在花天酒
地裡喝得泥醉的煤礦老闆的黑心。黑肺病是肺部因長期吸進了太
多的煤塵而引起的疾病，是煤礦工人最易罹患的職業病。只引起
嵌滿煤屑的黑肺……咳咳咳咳，是指僥倖活下來卻患病的礦工徹
夜不眠地咳嗽，與運煤夜車敲擊鐵軌的聲音遙相呼應。如果我們
把這首詩的意義擴大，那麼煤礦象徵著一個社會，被埋入的礦工
是廣大勞苦人民，煤礦老闆是一個更高層的社會機器……不是也
能成立，而並不顯得牽強附會嗎？上面特指和非特指的兩類詩，
都是寫實的作品，都符合非馬「比寫實更寫實」的創作追求。不
僅如此，在我看來，非馬有些概括的、抽象的、非特指的作品，
比他的特指的、描寫某具體事件的作品，還要更符合「比寫實更
寫實」的追求。因為文學中的寫實，要求的是表達社會生活的本
質，而不是指要求寫實具體事件和具體人物。詩人的任務不在傳
達事件的過程，而在開掘事件的深邃意義。從這個觀點看，我以
為上述兩首詩，〈運煤夜車〉比〈惡補之後〉更具有寫實性。
　　非馬的詩集內容非常豐富。除了上面提到的外，還有思親懷
鄉之作，還有大量具有深沉內容的詠物詩和風景詩，還有對光明

和希望的讚頌，還有對青春和生命的吟唱等等。非馬各種類型的作品，都有強烈的時代音響，顯明的時代印記，以及明確的是非和愛憎。即使在那些象徵性很強的作品中，人們也能感到詩人感情和心緒的流向。清楚的是非，明確的愛憎，正是一個有抱負的詩人所不可或缺的東西。

比現代更現代

在論述了非馬「比寫實更寫實」，即作品的思想內容之後，我們再來看非馬作品的另一面：「比現代更現代」，即作品的藝術追求。台灣著名詩人兼詩評家陳千武和李魁賢，都稱非馬為意象派詩人。陳千武在〈非馬詩的評價〉[2]一文中說：「依我自己對詩的喜愛的觀點來說，上述幾首詩我都會打同樣的分數，無法分高低。因為非馬……已經把自己塑造成典型的一位意象詩人。其詩均具有相當高度的實質，令人享受。」李魁賢在〈論非馬的詩〉[3]一文中說：「我們考察非馬的全部作品，幾乎都是遵循著這四條特徵在努力，因此他的詩兼具了語言精煉、意義透明、象徵飽滿、張力強韌的諸項優點，具有非常典型性的意象主義詩的特色和魅力，……在台灣詩壇上，非馬是正牌的意象主義者，旗幟非常鮮明，而且他的創作立場和態度也一直循此方向在發展，很少有曖昧或模棱兩可。」這兩位詩人在評價非馬的作品時，偏重於從詩的外形和表達技巧方面著眼。如果把非馬作品的內容和藝

---

[2] 載《笠詩刊》第118期，1983年12月出版。
[3] 載《文訊月刊》第三期，1983年9月10日出版。

術兩者融入一起作一個整體性的評價，意象主義顯然還難以容納
非馬詩的雄偉和浩闊。那麼，非馬的詩到底有哪些藝術上的特色
呢？就本人粗淺的見解，有如下幾點：

（一）科學與文學的緊密結合——非馬是一個科學家，又是一位
　　　詩人。在他的作品中，每一首詩的字句都是經過嚴格計
　　　算、精心安排的。在這方面他用的是科學家的頭腦。但非
　　　馬的詩又具有很強的張力，含不盡之意於言外，在這一方
　　　面他運用的又是詩人的頭腦。因而他的作品便達到了語言
　　　凝煉、結構精巧、意義深長的境界。請看〈新與舊〉：

　　　囂張的／新鞋／一步步／揶揄著／舊鞋／的／回憶

　　　這首詩總共只有七行十六個字。這十六個字排列的行數還
可以勉強變動，但十六個字是一個蘿蔔一個坑，既不能增加也不
能減少。可是由這十六個字所表達和涵蓋的內容卻不限於字面意
義，它可以被看作是時間的推移，新事物代替舊事物，新的歷史
浪潮覆蓋舊的歷史浪潮。由語言文字的確定性和象徵意義的不確
定性，構成了詩的強大張力。

（二）強勁的爆發力——非馬的詩有一個非常顯著的藝術特色，
　　　那便是具有極強的爆發力。這是詩人思想力量和藝術功力
　　　的綜合顯示。詩的爆發力以兩種不同類型出現。一種是晴
　　　空響雷，一種是平地噴泉。前一種爆發力震撼性雖強，但
　　　往往後勁不足。而平地噴泉式的爆發力，雖然突發性可能
　　　差一點，但在爆發之後仍能給人們以滔滔的回味。非馬詩
　　　的爆發力是屬於後者。請看〈微雨初晴〉：

頭一次驚見你哭／那麼豪爽的天空／竟也兒女情長／／

你一邊擦拭眼睛／一邊不好意思地笑著說／都是那片雲……

　　這首詩，巧妙之處在於詩人將天空擬人化，將它比作一個豪爽的英雄，但卻嚶嚶地哭泣。當他發現自己的失態時，竟不好意思地諉過於天上的雲。這首詩的爆發力就產生在「都是那片雲……」上。這種描寫既意外又合理，不僅天空的形象躍然紙上，而且可以使人從天空的動作裡聯想到人間的許多事。這種爆發力含有深長的詩意，給人的驚喜和感動是持續不斷的。

（三）深沉的主題——宇宙間的事物往往包含著極其豐富的內涵，和多層次的意義。詩人的任務就在於用深邃的觀察力和敏銳捕捉力，開掘出隱藏在事物深處的第二意、第三意、甚至更深的意義，並由此導出作品深沉的主題。請看他的〈鳥籠〉：

　　打開／鳥籠的／門／讓鳥飛／／走／／把自由／還給／鳥／籠

　　這首九行十七個字的詩，包含著深刻的辯證法思想。鳥籠本來是關鳥的，它是限制別人自由的。但當它剝奪了鳥的自由的同時，也就給自己設置了籠牢，也就把自己置於不自由的地位。所以詩人說讓鳥飛走，把自由還給鳥籠。這十七個字，字字都是構成一個深刻的，巨大的哲理思想不可缺少的元素。這種哲理思考導出了這首詩明確但含蓄的主題。

（四）有力的諷刺——諷刺是一門內容十分豐富卻充滿危機的藝術，如果運用不當，很容易失之滑稽和輕佻，得到相反的效

果。非馬詩中的諷刺不僅生動活潑，使人感到輕鬆有趣，而且在笑聲中放射出一股很強的批判威力。請看〈鼠〉：

臥虎藏龍的行列／居然讓這鼠輩佔了先／／要把十二生肖排得公平合理／只有大家嚴守規則：／只許跑，不許鑽！

　　這是詩人寫的十二生肖中的第一首。每個人讀了都會發出會心的微笑。我想詩人一定是在諷刺那種投機鑽營之徒。這首詩令人發笑的是最後一句：「只許跑，不許鑽」。這種規律你儘管定上千條萬條，重申千遍萬遍，但對於那些鼠竊狗偷之輩，是不會有任何作用的。與其說詩人在這裡是重申早已佈告天下的規則，不如說是在調侃那些鼠輩。正因如此，這諷刺中才深含著批判的力量，才使人們在輕鬆的笑聲中不忘投給鼠輩們以輕蔑的目光。
　　非馬詩的世界是非常浩闊和豐富的。本人在這篇文章中只是傾瀉個人的閱讀感受，因此偏頗之處肯定是有的。對於非馬詩作的不足，我想在「比寫實更寫實」方面，有的詩似乎思考的還不夠深；在「比現代更現代」方面，有的作品還顯得有點露，作品達到的水準還不太齊整。但這點瑕疵在非馬的作品中是很次要的。

原載：《香港文學》第31期，1987.7.5；《笠詩刊》第139期，
　　　1987.6.15。

成熟的風景

王春煜

記得二十多年前，在一個厚厚的選本上讀到非馬的〈電視〉：「一個手指頭／輕輕便能關掉的／世界／卻關不掉／／逐漸暗淡的螢光屏上／一粒仇恨的火種／驟然引發／熊熊的戰火／燃過中東／燃過越南／燃過每一張／焦灼的臉」，就像是漫不經意地掃過一堆砂石時，突然發現了一顆耀眼的鑽石。它簡單而美麗，把逼人的現實天衣無縫地融入詩裡。及至認識了非馬其人，再來欣賞其系列詩作，於是頓感那詩非非馬莫屬！

我不是詩人，頭腦裡也沒有多少理論。我讀詩，無論古人的或今人的，從來不敢妄作解人，以免曲解作者，貽誤讀者。我與非馬交往多年，並且十分喜愛他的作品。但是對這些作品進行全面的研究和綜合的分析，說出個所以然來，這不是我所能勝任的事情。在這裡，只能就非馬及詩創作，粗略地談談個人一些片斷的零碎的感受。

一

非馬寫詩達四十年，迄今已出版過14本詩集。他的詩不僅為華人讀者所酷愛，就在美國主流社會也有無數讀者為他的作品所傾倒。茲舉一例：1996年春天，非馬的英文詩集《秋窗》剛一問

世，在美國久負盛譽、風行全球的《芝加哥論壇報》，就以整版篇幅並配上三幅照片，對非馬的創作成就作了極為突出的報導。應該說，在美國這是非常罕見的現象。

　　非馬無疑有極高的英文造詣。曾有人勸他用英文寫作，擠身世界詩壇。他聽了淡然一笑，說：「放棄與我一起長大的母語，我能寫出什麼樣的詩來？」[4]又說：「我的詩如不能得到自己同胞的共鳴，任何外加的榮譽都將成為可笑的負擔」。[5]對祖國對人民的愛戀之情，溢於言表。

　　我想要探討一個詩人的作品，不妨先討論一下他的創作觀。

　　非馬以現代詩名世。何謂現代詩？「現代詩就是『現代人』寫的詩。作為現代人，則必須有現代知識、現代意識、現代思想。『詩』是藝術，藝術貴在創新，所以必須有與傳統不同的現代語言與現代技巧」。[6]非馬的闡釋，可謂要言不繁，切中肯綮。

　　詩，歷來被人們認為是最神秘也是最難追求的繆思。如何來鑒別一首詩？非馬對現代詩提出四項要求，即：社會性、新奇性、象徵性和精確性。[7]這完整而鮮明地體現了非馬的美學觀。綜觀非馬歷來的創作，大體上是以這「四性」作為個人寫詩的準則，他現已推出的八百多首作品都在不同程度上具備了這些要素。

　　與此同時，非馬還響亮地提出「比現代更現代，比寫實更寫實」的口號，[8]並以此作為自己創作的目標。我認為這是富有積

4　非馬〈我的詩歌歷程〉，載汕頭大學《華文文學》總15期，1990年12月。
5　同註4。
6　引自〈「詩」的對話〉，載戈雲著《文壇是非多》，第164頁、167頁，香港出版有限公司1997年二月版。
7　非馬〈略談現代詩〉，載《非馬詩歌藝術》，第155頁，作家出版社，1999年4月版
8　同註4。

極意義的。非馬在創作上傾向於現代主義與現實主義的結合。從非馬的創作實踐看，他的這一目標正在實現，且取得了豐碩的成果。非馬實現這一目標的具體途徑是，內容上力求把握時代的風貌和心態，觸及現實社會，因此，作品顯得有深度，哲理意味濃厚，而絲毫沒有西方現代派的迷惘、空虛和幻滅感，形式上純熟地運用了象徵、通感、暗示、變形等現代詩的技藝，讓他的思想感情融化在詩的意象中，而其文字一點也不艱深晦澀。

　　非馬贊成詩是日記體這一觀點，認為詩是能把生命中最重要的部分完整地記錄下來的方式，也是相當完美的方式，藉以更清楚地看到這個世界。非馬坦承：「我的詩作題材全部來自現實生活中的生活體驗，但我的詩卻總帶有多層次的意義和足夠的想像空間，讓讀者憑藉自己不同的生活體驗，去填補去完成共享這種『超時空』的詩創作的樂趣」。[9]儘管寥寥數語，卻精闢可誦，連同作者上述的言論，不啻是一位成功的現代詩人的創作宣言，藉此，我們便能深入理解非馬藝術世界的奧妙。

二

　　旅美期間，我常有機會和非馬閑聊。有次談及文學的泡沫現象時，他表示：文學畢竟是個人心靈的產物，沒有個人的實際生活做基礎，便不可能寫出有生命力的作品。我問他寫詩是否靠靈感，他說，靈感是靠不住的，寫一首詩的動機，常常是由於偶然的機緣：對於某地方有興趣，看見一張畫，街頭巷尾偶見，回想

---

[9] 引自〈「詩」的對話〉，載戈雲著《文壇是非多》，第164頁、167頁，香港出版有限公司1997年二月版。

昔日什麼事，書本裡讀到，旅行。而進入創作狀況都是智慧摻和著感情高度的儲存與運用，而表現於言辭上。一件作品的完成，往往需耗盡作者無數心血與潤飾修正的工夫。正如佛洛斯特所說，開始於情意，而終結於智慧。

從創作構思看，非馬詩大致有三種情況。

第一種是表現人生之旅的反芻，即藉寫事寫景，寫出人生感情和經驗。寫這類詩時，詩人從具體的時事或景物開始藝術構思，這一點與傳統的寫法無異，但在表現感受與經驗時，則採用了現代派藝術手法，如用凝煉濃縮的語言，營造新鮮驚奇的意象等，從而避免了寫實派易犯的顯淺直露、淡而無味的毛病。這類詩不少，其中廣為傳誦的就有〈黃河〉、〈羅湖車站〉、〈醉漢〉、〈超級杯〉、〈行走的花樹〉、〈被擠出風景的樹〉、〈蓬鬆的午後〉、〈秋窗〉、〈做詩〉、〈芝加哥〉、〈夜遊密西根湖〉、〈賞雪〉、〈白茫茫的雪地上喜見一隻黑鳥〉、〈拜倫雕像前的遐想〉、〈在曼谷吃潮州菜〉等。這些作品寫到了社會、政治、愛情乃至平凡瑣事，不只是表現某一經驗，而且在此特殊經驗中揭示普遍的人生意義。

第二種是以某個具體事物為構思的起點和中心，藉清晰的形象來表現生活哲理和新穎看法，有些類似詠物，諸如〈獅〉、〈螢火蟲〉、〈孔雀開屏〉、〈對話黑鳥〉、〈一隻小藍鳥〉、〈獵小海豹圖〉、〈在天地之間〉、〈鬱金香〉、〈蒲公英〉、〈花開〉、〈中秋夜〉、〈鐘錶店〉、〈越戰紀念碑〉等。這些膾炙人口的篇什，題材上展現了「無物不可入詩」的信念，構思上通篇以一個意象為中心，善用想像力；巧妙地將意、情、理傾注其間（「象」在自然界，「意」在社會層），從平凡的事物中

引出不平凡，易言之使所言之物顯出靈性，並具哲理思辯力。因此，這類作品比起傳統的詠物詩，不僅寫作技巧高明，而且所表現的情思也複雜得多。

第三種是詩人在生活中形成某些理念，以這些理念作為出發點，通過藝術想像捕捉意象和細節，然後成詩。這在非馬的創作中占了相當的篇幅，其中不乏精品，如〈鳥籠〉、〈魚與詩人〉、〈獨坐古樹下〉、〈馬年〉、〈蟬曲〉、〈珍珠港〉、〈學鳥叫的人〉、〈生命的指紋〉、〈浮士德〉、〈有一句話〉、〈春〉、〈功夫茶〉、〈網〉、〈龍〉、〈黑夜裡的勾當〉、〈春天的陣痛──紀念五四〉、〈領帶〉、〈流動的花朵〉、〈海上晨景〉、〈秋葉〉等。這類詩，最能體現現代派的詩歌理念。艾略特認為藝術想像是綜合的，有昇華作用的、能化生活素材為藝術經驗的金片。非馬的這一類詩既然擺脫了以具體事物為依傍，而以理性為想像的中心，這就使得他的詩思靈動有致，視覺空間由小而大，由窄而寬，由迷濛而清晰，顯出其多彩多姿的空間設計。我不由想起英國詩人柯爾律治的話：詩，就是人的全部思想、熱情、情緒和語言的花朵和芬香。非馬的這些詩篇給了我們很大的滿足，那麼多美的享受！

詩，從本質上來說就是發現。里爾克說得好：「我們到底發現了一些什麼？圍繞著我們的一切不都幾乎像是不曾說過，多半甚至於不曾見過嗎？對著我們真實地觀察的物體，我們不是第一個人嗎？」[10]此話值得我們深思。

在非馬上述三類的作品中，儘管構思有異，卻有一點是相同的，即作者能使自己超出浮光掠影的感受，捕捉到一些深層次的

---

[10] 引自白萩《現代詩散論》，第165頁，台灣三民書局1983年8月版。

東西，即發現了前人所未見到的天地，因此，作品中常常蘊含著哲學的意念，甚至對人生對自然或對社會制度的思考與頓悟。

非馬堅持藝術良知，他的作品並不是以傳達情感為主，而是著重於表達一種感覺，一種思想，一種觀念。它有如晶瑩的露珠，透明，特別富於啟示的力量。因此，詩的構思問題，關鍵在於詩的想法必須很特出，詩的動人必須以想法取勝，語言只是手段，藉此手段以完成傳達意象的目的。

三

海明威說，冰山在海裡移動，很是莊嚴宏偉，這是因為只有八分之一露出水面。非馬曾借此說明藝術創作，要盡量簡潔、含蓄。

非馬的詩，大多短小精悍，有的四行、六行即一首，最長的也不過二三十行。在短小的篇幅中，卻能做到景不盈尺，而游目無窮。幾十年來基本上保持他一貫的詩風，自成一家。在台灣有「文藝總監」之稱的名詩人瘂弦曾說，華人詩壇以短取勝的詩人，非馬是第一把交椅。絕非溢美之辭。

目前文學的潮流趨向於高度簡練。當今一切都在加速前進的情況下，讀者希望能讀到更多短而好的詩，時代需要更多像非馬那樣執著地迷戀於短詩的藝術探求的詩人。

優秀的長詩固然難寫，精巧的、容量博大的短詩亦非易駕馭。短詩之難，在於其主題的極度濃縮和表現技巧的高度和諧。非馬的短詩能贏得讀者的青睞，往往是喜得兩全其美。

　　記得誰曾說過這一句富有智慧的話：簡練不僅只是用字用句，而是內容對主題的準確性，主題的內容的需要程度，把不必要的感情捨棄吧！聯繫到非馬許多圓熟繁富的作品，所給我們的啟示是：詩之短，無疑需要詩人思考得更深遠博大，提煉得更精微獨到。唯此，方能予人以意想不到的啟發，把讀者帶到一個更高的精神境界。

　　在大海中，詩所描繪的只是一朵美麗的浪花，而不是海的全景。真正的詩沒有長的。其實，我們引以為豪的老祖宗們早就認識了這點。在中國古典詩詞中，短詩（詩中之「絕句」，詞、曲中之「小令」）的藝術成就和影響最為突出，古往今來釋放出多麼巨大的藝術能量！詩人瘂弦稱「中國現代詩人學習簡潔與準確的最好課本，應該是自己民族的詩篇」，[11]是頗有見地的。非馬就常從中國古典短詩（包括「花城袖珍詩叢」）中尋找借鑒，尤其是學習它們的豐富和精煉。

　　事實上，傳統與現代一脈相承。行文至此，記憶中跳出來一些現代短詩。從郭沫若的〈黃浦江口〉、冰心的〈繁星〉、卞之琳的〈斷章〉、徐志摩的〈偶然〉、臧克家的〈老馬〉、艾青的〈我愛這土地〉、田間的〈假使我們不去打仗〉到北島的〈紀念碑〉、顧城的〈一代人〉（「黑夜給了我黑色的眼睛」……）和韓瀚的〈重量〉（「她把帶血的頭顱」……）等，這些為讀者所熟悉的佳篇，篇幅大多相當於古典詩歌中的律詩，有的只相當於絕句，短得我們可以背誦，可以朗朗上口。幾行的短詩，可以成為一個詩人的代表作，而他們的長詩，也許鮮為人知。不可否

---

[11] 瘂弦著《中國新詩研究》，第16頁，台北洪範書店1981年版。

認，自五四以來，我們在現代短詩創作上已經有了不小的收穫，藝術水準也達到相當的成熟，不過放在歷史長河中來考察，真正短而好的現代詩並不多見，更遑論形成氣候了。

　　在海外我們知之有限華文的詩人中，非馬是富有創造力的詩人，也是有其鮮明個性的一家。他繼承了中國古典詩和現代詩的優良傳統，注重吸取西方現代派的表現技巧，以致他的作品無論題材、語言和表現形式都有很大的突破。由此想起法國批評家布封的一句名言：高明的寫作，意味著高明的感覺，高明的思考和高明的表達。借用這句話來概括非馬的創作，也是適合的。

　　非馬在創作上卓然有成，其中最重要的一條，是和作者一貫嚴肅的創造態度分不開的。作為一個具有時代使命感的詩人，非馬一向忠於自己的感受，忠於藝術，他的詩幾乎每一行每一字都是從生活過來的，從不寫一些虛無飄渺的東西，也不借用自己未加整理的聯想來寫別人看不懂的詩。他寫每一首詩，都是一次生命的燃燒。正如他所說：「我的每一首詩，即使是短短的一兩行，都是經過一兩天甚至一兩個星期的醞釀。」[12]他注重理智，注重邏輯，認為好詩必須有一個中心思想，而這個主題的發揮必須有理可循，不是隨意抓幾個意象湊起來了事的。他寫詩一向謹嚴矜慎，不示人以璞。一個偶然的機會，我曾親睹他的包括名篇〈醉漢〉在內的一些詩稿，發現在已改定謄清的稿子上，留下不少苦心孤詣的痕跡。

　　像生活中不可能有十全十美的事物一樣，任何一位詩人的作品都不可能盡美盡善。非馬的短詩也是如此。依我個人的感覺，

---

[12] 非馬〈我的詩歌歷程〉，載汕頭大學《華文文學》總15期，1990年12月。

有些詩也許醞釀不夠成熟，形象稍嫌單薄；有的短詩理念與形象結合不好，因而有些概念化。理念固然好，但未完全化為藝術形象的理念，在欣賞上的共鳴度和說服力往往不高。不過，這些美中不足之處與非馬詩集中眾多優秀的詩篇相比，是微不足道的。

記得前年在芝城一次華人作家聚會上，非馬曾說過生命最大的樂趣，便在於不斷探索與隨之而來的新奇驚異的發現。他的絢麗多姿的作品，不僅再現這一時代人們情感的脈動，也留下了現代詩探索的腳印。非馬對自己的作品充滿了信心，但他不曾驕傲，在給友人的信中寫道：「我的詩路應該能為中國現代詩提供一條可嘗試的途徑」[13]。

當前，詩和其他純文學已被大眾文化及傳媒擠壓到一個很孤寂的角落。在此情勢下，結合非馬的創作、理論和實踐經驗，認真思索和探討一下：如何使中國現代詩在創作上、理論上更上層樓，如何建立真正屬於中國現代詩的風格，從而讓新詩走出困境走向未來，我想不是沒有益處的。

我很喜歡非馬的〈路〉：

再曲折
總是引人
向前

從來不自以為是
唯一的正途

---

[13] 引自劉強《非馬詩創造‧自序》，中國文聯出版社2001年5月版。

在每個交叉口
都有牌子標示

往何處去
幾里

　　這不正是文學探索者的自我寫照麼？通向詩歌王國，沒有平
坦大道，沒有高速公路，也不會沿途設置路牌指迷，但是路再曲
折，「總是引人向前」，向前！

2002年6月5日
（作者為海南大學教授，海南省文化歷史研究會會長）

原載：《非馬飛嗎──非馬現代詩研討會論文集》，鄭萬發選編，長征出版
　　　社，2004年12月。

置身於苦難與陽光之間

——非馬詩歌的意象世界

朱立立

一

　　詩人常常是寓言家，但絕不僅僅是那種傳統意義上道德故事
的製作者。詩人往往憑靈光閃爍的感覺驅策充滿感性的語言，最
終水到渠成地顯現生命的抽象意義。美籍華人作家非馬在一首題
為〈今天的陽光很好〉的詩作中，借畫家特有的視角洞察生存現
實的表象及實質，以畫面的自然發展巧妙地完成了一則寓言的抽
象。詩歌首先以從容不迫的筆調徐徐展開一幅令人心悅神怡的畫
卷，「藍天」、「白雲」、「小鳥」、「綠樹」以及「蹦跳的松
鼠」和「金色的陽光」，一系列光明亮麗生機勃勃的意象喻示了
人類淳樸動人的理想；然而畫家對此卻陷入了疑惑，現實生活的
複雜豐富給予了他巫師般的敏銳與直感：「但我總覺得它缺少了
點什麼／這明亮快活的世界／需要一種深沉而不和諧的東西／來
襯出它的天真無邪。」這種預感即刻得到了證實：「就在我忙著
調配最苦難的灰色的時候／一個孤獨的老人踽踽走進畫面／輕易
地為我完成了傑作。」詩的前後兩部分形成了對照，明亮快活的

世界被沉重灰暗的世界所滲透，天真無邪的幻想在孤獨老人所象徵的人世苦難面前，既顯現出人類希望的光亮也被襯托得單純柔弱而顯出理想的某種虛幻性。詩人並未因此而沮喪，相反，他以深諳生活辯證法的理性態度觀照理想與現實的悲劇衝突，詩篇告訴人們：人類注定置身於苦難與陽光之間，置身於現實與理想的衝突之中，唯有在這種既定的悲劇處境中直面現實人生才能完成人類生命的「傑作」。敏感的讀者還可以感覺到詩人對自然淳樸的和諧和理想境界的深摯溫存的愛心和執著明確的眷戀，故作沉著平淡的語氣並不能掩蓋住「孤獨的老人」所帶來的凝滯沉重的陰影，其間隱隱透露出詩人對人類命運的宿命般的認定和憂患，同時也因其正視命運的積極姿態表明詩人對人間黑暗面不妥協的挑戰傾向。

　　從上文對非馬的一首詩所作的具體解讀中可以看出，非馬是以有意味的意象營造詩義並傳達主體精神。

　　意象是一個十分重要的詩學概念。中國古典文論中的「意象」出自《周易》：「子曰：聖人立象以盡意。」王弼注曰：「夫象者，出意者也。」王昌齡在《詩格》中發展了這一理論，他提出：「搜求與象，心人於境，神會於物，因心而得。」更強調詩人的心靈與客觀物象相感應交融的神妙意蘊。西方美學家也十分重視「意象」的概念，康德以為，「意象是想像力重新建造出來的感性形象。」[14]本世紀初英美詩人龐德對意象下了個定義：「意象之為物，乃是瞬間內呈現理智與情感二者的複合體。」「意象派的意象是代數中的a、b、x，其含意是變化的。作家用意

---

[14]　蔣孔陽：《德國古典美學》，人民文學出版社1980年版，第115頁。

象，不是要用它來支持什麼信條，或經濟的、倫理的體系，而是因為他是通過這個意象思考和感覺的。」[15]意象在這裡早已超出了一般的比喻意義。意象是詩人情感理智在剎那間的綜合物，在詩義的詮釋和理解方面具有多重可能性，比如龐德那首著名的短詩〈地鐵站上〉：「這些面龐從人群中湧現／濕漉漉的黑樹幹上花瓣朵朵。」這裡的「人面」與「花瓣」帶給讀者的就是多重角度的暗示寓意，而不是浪漫主義式的比喻。而本世紀前半葉英美最重要的文學批評流派「新批評」派更是視意象為詩歌框架中不可缺少的要素，艾略特倡導一種尋找「客觀對應物」的理論，他主張文學作品應具有深邃的歷史感，強調一種理智與情感相合作的「統一的感受性」，他創作的詩歌往往是大意象中密佈小意象群的象徵性結構，比如長詩〈荒原〉、組詩《四個四重奏》等。因此，趙毅衡在《新批評》一書中將意象這一概念普泛化簡潔地命之如「表示抽象意義的象」（P133），後一個「象」並不標明是「具象」，顯現出現代詩論中「意象」內涵的微妙變化。

　　綜上所述，意象堪稱為詩歌的基本要素，它與一般所說的「形象」的差異就在於，意象是主客觀相交融的產物，它常常寄寓著主體的情感和意圖，具有一定的抽象意義，在多數情況下，它總是體現為感性形象。如莊周的「鵬鳥」與「蝶」，屈原詩中的香草美人，李白吟詠的月亮，蘇東坡詞中淘盡千古風流人物的江水；又如葉芝詩裡的「拜占庭」，艾略特詩中的「水」、「火」、「岩石」和「棕黃色的霧」……這些意象都蘊藏了詩人深刻的思想認知和豐富的情感內涵，超出了原來的詞義，變得容

---

[15] 鄭敏：《英美詩歌戲劇研究》，北京師範大學出版社1983年版，第3頁。

量濃厚富於象徵或暗示意味。非馬的詩十分重視意象世界的經營，台灣詩評家陳千武和李魁賢明確地稱非馬為意象派詩人，李魁賢在〈論非馬的詩〉一文中指出非馬的詩「具有非常典型的意象主義詩的特色和魅力。」並具體說明了非馬的詩兼具意象派詩歌的四大特徵和六大信條，即「語言精練。意義透明，象徵飽滿，張力強韌」以及「語言明確，創造新節奏，選擇新題材，塑造意象，明朗，凝練」等要義。以上論斷證明了非馬詩歌中意象的突出位置，如果說台灣詩論家著重是從美感特徵和藝術技巧的角度來論述非馬詩歌的意象主義風格，本文則要通過對非馬詩歌中的意象世界的綜合考察，觀照詩歌呈現的思想意向以及詩人的生存處境和價值選擇。

　　台灣詩人羅門在〈時空的回聲〉中指出：「當現代詩人從古代詩人偏向一元性自然觀的直悟境界，進入到現代偏向二元性的生存世界；從寧靜和諧單純的田園性生活形態，進入動亂緊張複雜焦慮的都市型狀況，接受西方現代科學文明的衝擊，以及物質繁榮的生活景觀的襲擊。所引發人類官能情緒心態與精神意識的活動，都是以大幅度大容量與多向性在進行。」作為現代詩人，在個體與社會、靈魂與肉體、物質與精神等方面必然面臨比古代詩人更為複雜也更為艱難的選擇。象徵主義鼻祖波德萊爾拋棄了後期資本主義文明都市巴黎這座人間「地獄」的種種罪惡，留下了一束以社會之惡和人性之惡為揭示對象的驚世駭俗的「惡之花」，但詩人是孤獨的，「在被這些最後的同盟者出賣之後，波德萊爾向大眾開火了——帶著那種人同風雨搏鬥時的徒然的遷怒。這便是體驗的本質；如此，波德萊爾付出了他全部的經

驗。」[16]現代詩歌大師艾略特堅持認為：「詩歌的目的是在於用語言重新表現現代文明的複雜性。」他極為沉痛地批判「歐洲文明的混亂和庸俗」，在〈荒原〉、〈空心人〉等詩中，艾略特將現代西方人對現實的恐懼、震驚、幻滅以及企圖尋求拯救的心態揭示得淋漓盡致。最終他本人選擇了一條宗教救贖的道路，疲憊迷惘的心靈停泊於歐洲文化傳統的深淵。非馬童年時期在中國大陸度過，青少年時代成長於台灣，成年之後又趕上60年代的留學熱潮，以後定居於美國芝加哥，複雜的文化背景必然給他帶來複雜的文化感受和多元的文化認知；另一方面，非馬不僅是詩人和藝術家，他還是高科技文明社會的一名科學工作者，社會角色的複雜性也為他觀照世界帶來了別樣的眼光。非馬溫和達觀的個性使得他的詩歌不似波德萊爾那種極端的撒旦式的詛咒，但非馬同樣具備一個現代知識者強烈的批判鋒芒，在對於現代文明和社會現實的批判意識上與波德萊爾同樣尖銳。非馬的詩，雖然不具備艾略特詩中的厚重歷史感和濃郁的宗教意味，但在對於現代機械文明社會的諷刺態度和懷疑傾向上卻表現出某種同質性。正如本文開篇所分析的那首非馬詩作那樣，非馬的詩明顯呈示出生存世界的二元性，詩人正是置身於理想的「陽光」與現實的「苦難」之間，企圖在對現實的揭示批判的基礎上實現精神的超越。

二

　　非馬的詩歌創作自五十年代以來已有三十餘年的歷程，形成了一種「比寫實更寫實，比現代更現代」的藝術風格。常有論者

---

[16] 本雅明：《發達資本主義時代的抒情詩人》，三聯書店1989年版，第8頁。

將非馬的這兩句自我評斷分而視之，認為前句指的是思想內容，後一句指涉藝術形式。其實不然，讀過非馬的數百首詩之後，我感到他的「寫實」與「現代」是交融為一體的，他的貼近現實人生、關注四時民事的詩思始終是與現代詩人的自我意識和犀利目光相關聯的。非馬曾經在〈中國現代詩的動向〉[17]一文中談及他的詩觀，他認為既要肯定「藝術至上」的重要性，「更重要的是，我認為一個有良知的現代詩人，必須積極參與生活，勇敢地正視社會現實，才有可能對他所處的社會與時代作忠實的批判與記錄」。從中我們可以看出中國文人自屈原至杜甫白居易至曹雪芹乃至魯迅這一脈批判現實主義傳統的強大影響力，也顯示出西方近代以降知識分子以社會良知自居的精神傳統對非馬的某種濡染力。正像詩人在〈烏鴉〉一詩中所隱含的自我指涉：「只一心想做良心詩人／成天哇哇／招來石頭與咒罵」。另一首同名詩中，作者又一次對烏鴉「自命良心詩人／哇哇／煞黃鶯兒的風景」的不媚俗行為進行了貌似嘲弄的肯定，在這個變幻莫測缺少信念的社會，「風靡耳朵的／是鄧麗君的錄音帶／一按即唱」，烏鴉因叫聲的難聽違背了社會流俗而顯得孤獨，卻仍然堅持不懈。由於非馬在「烏鴉」這一意象裡寄寓了一個有良知的現代知識分子的自我認知，詩中的「自嘲」和「嘲世」之間才構成了強韌的張力關係。從「烏鴉」這個有著自喻色彩的意象可以了解非馬清醒冷峻的自我意識，以及詩人對社會現實的批判意識。

　　從題材看，非馬的詩筆觸所及甚廣，從變幻不定的國際風雲，到平淡無奇的四時更替；從觸目驚心的新聞事件，到樸素平

---

[17] 台灣《文季》，二卷二期，1984年7月。

易的日常生活，都可以納入詩人的觀照視野。因此，非馬詩中的意象豐富而繁雜，如萬花筒，但詩人並未迷失於意象的迷宮中。他詩中的意象雖豐富卻並不凌亂，色彩紛呈卻並不撲朔迷離，其原因在於他的詩歌意象經過了詩人的梳理和錘煉大多獲得了較為沉著堅實的寓意，是詩人情感、理智與客觀世界相撞擊的產物。從整體考察，非馬詩中的詩歌意象世界是由兩組具有張力關係的意象而構成，即充滿罪惡與苦難的現實世界和寄托幻想陽光明麗的理想世界二者相輔相成。詩人在陽光與苦難之間對現實的批判和對理想的憧憬構成了詩意形成的中介。

　　現實世界遍佈罪惡與苦難，台灣詩人洛夫曾發出詩人的宣言：「攬鏡自照，我們所見到的不是現代人的影像，而是現代人殘酷的命運，寫詩即是對付這殘酷命運的一種報復手段。」[18]非馬的詩雖然不像這樣極端，但其詩中的挑戰殘酷現實的精神是十分明顯的。他在詩中展現了雙重意義價值體系，一重是正義的、人道主義的、自然的，另一重則是非正義的、反人道的、異化的。詩人通過一系列意象有意味的比照與衝突來體現雙重意義價值體系的對立關係，如戰爭意象與和平意象，城市意象與鄉村意象，成人意象與孩童形象等等。

（一）「戰爭」VS.「和平」：冷峻的追問

　　戰爭是一種人為的災難，現代戰爭更是如此。兩次大戰在現代人心靈中造成的巨大陰影直接反映在文學藝術領域，如五十年代起源於法國的荒誕派戲劇和六十年代流行於美國的「黑色幽

---

[18] 洛夫：《詩魔之歌》。

默」等現代文學流派。「大戰中瘋狂殘酷的史實給西方人留下難以泯滅的印象，尤其是不少『黑色』作家曾經身歷其境，劫後餘生」。[19]「黑色幽默」的代表作《第二十二條軍規》等作品即以戰爭為背景揭示出生存現狀的悖謬性；而荒誕派代表作家尤耐斯庫面對二戰的殘酷浩劫與人類的虛弱迷惘，發出了以下的感慨：「在這樣一個看起來是幻覺和虛假的世界裡，存在的事實使我們驚訝，那裡，一切人類的行為都表明絕對無用，一切現實和一切語言都似乎失去彼此之間的聯繫，解體了，崩潰了；既然一切事物都變得無關緊要，那麼，除了使人付之一笑外，還能剩下什麼可能出現的反應呢？」[20]六十年代初即移居美國的非馬不能不受到這樣的思想觀念及人文環境的影響，他生長於戰火紛飛的三十年代的中國，對戰爭的災難必然有著特殊的敏感和警惕，因此，呼籲和平、控訴戰爭的警世主題成為非馬詩中的一組重要旋律。

　　他的一些戰爭題材的詩篇往往並不鋪排宏大悲壯的戰爭場面，而是選取一個很不引人注目的角度，描繪一個小小畫面，來達到強烈的藝術效果。如〈越戰紀念碑〉並不曾聲色俱厲地指控戰爭的罪惡，而是通過「萬人塚中，一個踽踽獨行的老嫗」來尋找愛子「致命的傷口」的無聲畫面來呈現戰爭給廣大人民帶來的創痛；另一首題為〈戰爭的數字〉的短詩運用了反諷筆法，以一句冷冰冰的「只有那些不再開口的／心裡有數」，來回答所謂的「戰爭的數字」問題，讓生者的心靈受到那些永遠沉默的亡靈的撞擊，以無聲的死亡包容生命的吶喊。詩人在「紀念碑」、「老嫗」、「戰爭的數字」等意象的選取上是別具匠心的，他用無聲

---

[19] 楊國華：《現代派文學概說》，中國社科出版社1982年版，第248頁。
[20] 《外國現代劇作家論劇作》，中國社科出版社1982年版，第169頁。

的畫面發出了震撼人心的呼喊，表達了作者對那種反人道的戰爭的深深憎恨。

另一面，批判意識越是強烈，詩人內心的愛和人道精神也就越是鮮明。正因為詩人憧憬著人類的相愛與互助，嚮往著世界的和平，深摯地同情著那些不幸的戰爭受害者，他對戰爭的憤怒和痛恨才會如此的不可遏制。在戰火硝煙不斷毀壞著和平生活的現實面前，非馬不禁產生了「黑色幽默」式的表達方式，他甚至以抒情的筆調如此描繪：「最後一批B-52撒完種走了／冰封的希望開始萌芽。」而「和平」則正被人們「沿街叫賣」，這嘲謔的表述中深藏著詩人的憤怒與絕望，此詩的題目與詩的內容形成了強烈的反諷效果：〈春天的消息〉。「春天」這一意象所傳達的信息與傳統意義上的語義信息和隱喻涵義之間產生了極大的反差，在這種反差之間，詩句暗示讀者去追蹤其深層原因即社會原因和人為因素。而在另一些涉及戰爭的詩作中，詩人將暗示變成了公開的指控，那些陰險罪惡的戰爭策畫者和侵蝕和平的人在非馬筆下化身為「他們」這個代詞形式。「他們」在淋漓的鮮血中進行著鉤心鬥角的政治交易，並且美其名曰「巴黎和談」（〈圓桌武士〉）；為了射殺一個逃亡的同胞，「他們用鐵絲網／在地上／圍建樂園」（〈天上人間〉）；「他們」在南非燒殺搶掠無惡不作之後卻要搗毀那些拍下「他們」罪行的照相機（〈南非，不准照相〉）……

這樣的詩歌不是用來歌唱的，而是一種理性的批判，是警世的鐘聲。在一首名為〈珍珠港〉的詩作中，詩人舉重若輕的筆觸下其實是沉重的擔憂：「聽說腰纏萬貫的日本人／已陸續買下／這島上最豪華的觀光旅館／／說不定有一天／這批鞠躬如也的生意人／會笑嘻嘻買下／這一段血跡斑斑的歷史／名正言順地／整

修粉飾」半個多世紀前的殘酷戰爭已成為歷史陳跡，可是有關歷史的書寫和解讀卻如同沒有硝煙的戰場。日本軍國主義曾經對人類造成巨大傷害，當今日本右翼份子極力無恥地篡改歷史，這些都是應當引起世人關注的嚴峻事實。

　　可以說，非馬戰爭題材的詩歌足以喚起尚存良知的人們的深深共鳴。詩人在表現戰爭與和平這類題材的詩作中，在理智層面發出了追問和深思；詩中那些冷峻精練的語言與意象，像一把把投槍與匕首，具有震撼性力量。

（二）「城市」VS.「鄉土」：何處是現代人的精神家園？

　　隨著現代工業文明的突飛猛進，人們日復一日遠離了田園牧歌式的古典理想生活，隨著人群如織建築林立的城市的日益發展，天真古樸的鄉村漸漸成為遙遠的夢幻。城市與鄉村代表著兩種完全不同的生活方式、文化景觀和價值取向，因此城市與鄉村的矛盾成為許多現代文人所關注的問題。非馬的詩也表達了這樣的主題：鄉村世界與城市世界的對立，〈芝加哥〉這首詩就是一個典型例證。一個東方少年帶著好奇與幻夢奔赴城市之高塔，然而「在見錢眼開的望遠鏡裡／他只看到／畢加索的女人／在不廣的廣場上／鐵青著半邊臉／她的肋骨／在兩條街外／一座未灌水泥的樓基上／根根暴露。」在城市意象群中，包括人工的塔、「見錢眼開的望遠鏡」、「鐵青著半邊臉」的城市雕塑、「未灌水泥的樓基」等，從中我們所見到的城市景觀是冷漠無情毫無情調的，代表著鄉村世界的東方少年同樣感到了一種被欺騙被拒絕的頹喪：「這鋼的事實／他悲哀地想／無論如何／塞不進／他小

小的行囊」。這裡通過鄉村人格被城市所排擠的寓言清晰表明鄉村和城市兩個世界的疏離與敵視關係。

詩人還在作品裡喻示了現代社會中東西文化的碰撞和衝突。非馬長期居住在芝加哥，對於西方都市文明有著深刻的體驗，而「東方少年」以及他的「小小的行囊」則來自另外一種文明圈：一個經濟發展相對緩慢、田園氣息較少受到侵蝕的鄉村化社會，那裡也是詩人曾經生活過的國度。對於非馬而言，雙重的文化背景和生活體驗意味著視野的拓展和胸襟的開闊，但同時也可以敏感到不同文化形態之間的衝突與矛盾。詩中的「東方少年」式的遭遇就頗為傳神地表達了這種感覺。東方少年的悲哀令人想起哈代面對資本主義文明吞噬瓦解宗法農村的天然關係時的那種痛楚，也讓人想起沈從文對湘西山水風俗民情的執著迷戀背後的隱秘的傷感；但是非馬也不同於哈代和沈從文，哈代固執而無奈地滯留在農村宗法風俗的田園中孤獨地吟唱動人的輓歌，沈從文始終以一個「鄉下人」自居，他的精神與侵入鄉村世界的現代商業文明格格不入。而非馬早已失落了哈代的原野和沈從文的那片山水，作為一名科學工作者，他早已深深介入現代文明社會，他只能在都市文明的籠罩下找尋生命的衝動和生存的價值。非馬選擇了一條詩歌和藝術的道路，以張揚生命的靈性，同時也以此履行一個知識分子的批判和反省職能，因此，有時候，他看起來就成了波德萊爾那樣的都市旁觀者和批判者。

敏感的詩人同樣擁有波德萊爾那種令人暈眩的「被人群推搡」的經驗。波德萊爾在題為〈失去光環〉的散文中生動地描繪了這種經驗：「迷失在這個卑鄙的世界裡，被人群推搡著，我像個筋疲力盡的人。我的眼睛朝後看，在耳朵的深處，只看見幻滅

和苦難，而前面只有一場騷動。沒有任何新東西，既無啟示，也無痛苦」。[21]非馬對這種經驗的描述往往建立在「恐懼」與「惡心」的感覺基礎上，他十分厭倦於城市生活的標誌：摩天樓、喧囂的人流、擁擠的街道、變幻的霓虹燈和川流不息的車群。這一切意象在非馬筆下都鮮明地烙上了詩人的否定性情感印跡，詩人甚至毫不忌諱地使用了令人噁心的比喻，將阻塞的道路比作一段小腸：「在一陣排泄之後／無限舒暢起來」，（〈路〉）讓人們避之不及地聯想到自己在城市生活中的類似經驗。

　　但非馬並不僅僅傳達上述「噁心」的情緒，他還致力於揭示城市醜陋表象背後的問題。如〈宵夜〉就是其中一例。詩分為兩段，前一節以擬人手法來描摹酒醉飯飽令人噁心的城市之夜：「霓虹的手／在黑夜的天空／珠光寶氣地撫著／越脹越便便／的大腹」；詩的後一段則明確使用了一個城市貧民的敘述視角：「走在　／打著飽嗝的／台北街頭／我卻經常／飢腸／轆轆」。珠光寶氣的台北街頭霓虹燈閃爍，但榮華富貴是上流社會成員的特權，沒有一介平民的份，「我」只是被城市欺侮、鄙視、拋棄的邊緣人中的一個：渺小而卑微。詩歌以簡潔的意象對照顯示出批判的張力，以美的解構的手法，有力地質詢了現代性都市社會的不公不義，同時自然地把真切關懷的目光投向弱勢群體。從中可窺出非馬詩歌特有的力量。「汽車」原本是都市文明不可或缺的角色，在非馬眼裡，它們有時是「目射兇光的／獸群」，「摩天樓」這現代社會的典型符號，在非馬看來其實是積蓄醞釀都市動物「貪婪無底的慾望」的倉庫（〈都市即景〉）。在繁華城市車

---

[21] 本雅明：《發達資本主義時代的抒情詩人》，三聯書店1989年版，第167頁。

水馬龍的「十字街頭」,「四面八方/群獸咆哮而至/驚動一雙悠遊的腳/加入逃竄的行列//塵沙過處/一隻斑馬/痛苦地掙扎/終於無聲倒下」(〈十字街頭〉)。這無疑是一個有關城市的寓言。十字街頭靜態的斑馬線,被巧妙地想像成遭到成千上萬車輪和腳碾壓的斑馬,這樣的聯想賦予了斑馬線自然的意涵和生命的質地,因此凸現了城市反自然非人性的一面,流露出強烈的質詢意味和悲憫之心。德國批評家本雅明曾經如此描繪都市給人的感覺:「在這來往的車輛行人中穿行,把個體捲進了一系列驚恐與碰撞。在危險的穿行中,神經緊張的刺激疾速地、接二連三地通過體內,就像電池裡的能量。波德萊爾說一個人扎進大眾中就像扎進電池裡一樣。」[22]本雅明和波德萊爾對於個體淹沒在都市人群和機器中的異化感可謂感觸甚深。這一點非馬的感受顯然有異曲同工之處。

從上述詩歌意象的營造可以看到,非馬對城市文明乃至現代社會負面性的批判是敏銳的,也貫穿了一種尊重生命和自然的人文情懷。批判和諷刺的背面其實是一種憂慮和關懷。非馬的詩中因此常常可以見到對城市人生存景觀和精神困境的描摹。〈日光島的故事〉冷靜呈現了城市人的精神空虛,他們「白天/擠在摩天樓的陰影裡/乘涼/夜晚/卻爭著在霓虹燈下/曝曬蒼白的靈魂」。這樣的城市眾生相原也是當今社會司空見慣的景象,詩人卻在白天與黑夜的對比和對話裡,有意味地傳達了自己冷峻的思考。非馬是城市中人,然而他在表現城市時有意識地採取了與城市以及人群疏離的旁觀者觀察視角,獲得客觀的審視。〈在公

---

[22] 本雅明:《發達資本主義時代的抒情詩人》,三聯書店1989年版,第19頁。

寓窗口〉一詩中，就很好地運用了這一種敘述視角。敘述主體站在窗口，視察窗外的世界，從這個視角看出去，街上行人好比從網眼看一尾尾濕漉漉蹦跳的魚兒，他們正在白霧瀰漫的街道上魚兒一樣「自由自在／游著」，詩人好比在描繪一幅水墨的游魚圖畫，平淡從容，但我們可以從詩人旁觀之冷眼裡透視出淡淡的反諷意涵。顯然，詩人是在質疑這魚網中的「自由」的性質。

　　與西方城市文明的異化性相比，漸行漸遠的故土和鄉村世界其實提供了另一種價值尺度和文明景觀。對於非馬而言，當然還有著一份割捨不去的懷鄉念舊之情。〈中秋夜〉中，詩人表達了遠在異鄉的華人特有的心緒，品嚐著從唐人街買回的月餅，卻感到有些「不對勁」；這讓我想起嚴歌苓小說中異鄉中秋夜的那枚阿司匹林般的苦澀月亮。〈父親〉裡，「嚼幸運餅的父親終於嚼到了孤寂／在唐人街曬了一天太陽的長凳上」。如果說前文所提的「東方少年」的故事透顯出一股身處異國都市的茫然無措和悲涼無助，那麼詩人在異域度中秋吃月餅的那種彆扭，以及「父親」在唐人街深味的寂寞，則表露出某種疏離的失落與惆悵。很多時候，鄉愁不是裝飾，不是文人的理念，而是生活中實實在在的真實情感。〈返鄉〉一詩就非常準確地通過意象的力量傳達了鄉愁的內涵。詩人欲揚先抑，描寫返鄉者過海關時留下了載不動的鄉愁，在回家的計程車上，他甚至還為終於「擺脫」了鄉愁而感到「輕鬆」，但是結尾筆鋒一轉：「卻看到鄉愁同它的新夥伴／等在家門口／如一對石獅」。門口石獅子的意象，是那麼故土化，又那麼深刻鮮明，也許是超現實的視覺衝擊，也是真實的情感衝擊。它沉默無語，卻無聲勝有聲。它是遊子心中凝縮了的故土情懷的象徵，意味著生命中的鄉愁剪不斷理還亂，深深烙印

在遊子漂泊的生命中。同為海外華文作家的張系國先生曾經深有感觸地指出：「那種遙遠的、可望不可及的故鄉之愛，畢竟是刺激海外華人作家繼續寫下去的原動力。」[23]非馬詩歌創作中自然也有這樣的原動力的影響。他能深味遊子思鄉之痛切真實，同時也避免把鄉愁主題濫情化；從那些漂流者身上，他看到了現代人無根的可悲。遊子們感慨：「什麼時候／我們竟成了／無根的遊牧民族」。為什麼呢？在詩人看來，部分原因在於他們本身非理性的「見異思遷」，於是，「在自己肥沃的土地上／凝望著遠方的海市蜃樓／思鄉」（〈遊牧民族〉）。在這裡，一向關注社會問題的詩人對60年代以來的台灣出國熱和80年代以來大陸的出國大潮有感而發，提出了理性的反思。

非馬在處理城市與鄉土、西方現代文明與中國文化的關係的命題時，也將對發源於西方發達國家的現代性的反省帶入了詩性書寫之中。雖然他顯示了對鄉土世界的某種同情和關心，但是他冷峻地看到鄉村文明價值的淪落和城市世俗價值的普遍化狀況，並表達了詩人敏感的人文關注。我們可以看到，非馬對城市文明的批判，其依據並非沈從文式的美好動人的鄉村文明，更多地源於作者持守的現代知識分子的責任和良知。非馬以他凝練、簡約而富有張力的意象群，構築了一個充滿惡心和恐懼感覺的城市世界，以及一個正在漸行漸遠的鄉土世界。實際上，這樣的詩歌命意裡隱含著一種疑惑：現代人是否已經失落了心靈的原鄉？何處才是人類的精神家園？

---

[23] 張系國：〈愛島的人〉，《四海》1986年第5期。

（三）「異化」VS.「自然」：質疑現代性的一種方式

　　人們常常會注意到非馬詩歌的諷刺特色，他的諷喻不僅是針對腐敗的政治現象和嚴重的政治問題，更重要的是對人性遭到扭曲的可悲事實表示焦慮和關注。人道意識始終貫穿在非馬的詩歌精神中。值得一提的是，他的人道思想並非那種狹隘的人類中心主義，而是將由衷的愛與關切滲透在自然萬物之中，從中體驗生命之間的相互溝通與鑲嵌。詩人這樣表露自己深沉細膩的生命柔情：「每個我記得或淡忘了的城鎮／每個同我擦肩而過或結伴而行的人／路邊一朵小花的眼淚／或天上一隻小鳥的歡笑／都深深刻入／我生命的指紋」。（〈生命的指紋〉）也許正因為這一種敏感與愛意，詩人的內心也就特別不能容忍現實世界中那些非自然和反自然的現象。在他看來，大自然在人為的力量面前正在失去原有的生存空間與和諧關係。在人類現代文明高度發達的當代社會，自然界中那些生機勃勃的樹木，自由自在展翅翱翔的飛鳥，卻日漸失去其生存空間。非馬對於自然的異化深感疑慮，因此他能體會被擠出焦距的樹的困窘：「愣愣地站在那裡／看又一批／齜牙咧嘴的遊客／在它面前／霸佔風景」（〈被擠出風景的樹〉）；當他看見歌聲嘹亮的鳥兒被關進鳥籠，心中的憤激難以掩飾地湧入筆端：「為了使森林沉默／他們把聲音最響亮的鳥／關進鳥籠／從小到老到病到死／管它什麼鳥權」，非馬忍不住對那些一味追逐財富而破壞自然的人們發出警告：「直到有一天／鳥籠成了森林／但絕不沉默／只歌聲／變成啼聲」。（〈鳥籠與森林〉）樹木和鳥的狀況代表著自然界的面貌和聲音，自然生態遭到損害，人類能得到什麼呢？城市失去了鳥兒的蹤跡，孩子們

只能從電視機裡聽到「布谷布谷」的鳥鳴（〈布谷〉）；樓窗被釘上了防盜的鐵條，「怪不得天空／一天比一天／消瘦」（〈風景〉）。其間巧妙的修辭，給予人充分感性的視覺衝擊力和思想力。自然界在人類的規訓之下呈現出迷失本性的異化形態，對此非馬深有所感。非馬的詩中，盆景中的植物和籠中的巨獸，往往隱喻著非自然狀態事物的異化。顯然，作者對現代文明中的異化現象充滿質疑和嘲弄。非馬詩中的「獅子」「虎」等獸中之王的形象，讓人聯想起里爾克的名作〈豹〉，里爾克以柵欄內不甘馴服的豹那「力的舞蹈」塑形一種「偉大的意志」；而非馬筆下的獅子老虎早已失去了野性的雄風，「瞇著眼／貓一般溫馴／蹲伏在柵欄裡」的老虎讓詩人疑惑「武松那廝／當年打的／就是這玩意兒？！」（〈虎〉），獅子「再也呼不出／橫掃原野的千軍萬馬／除了喉間／咯咯的幾聲／悶雷」，只能在「一排排森嚴的鐵欄」中做著「遙遠的綠夢」（〈獅〉）。

　　飛鳥的天空變成了鳥籠，獸物的家園成了柵欄，自然也就失去了生命力。那麼，自詡文明的現代人呢？不難看到，非馬相當關注現代人的生存境況和精神處境，對於這發達的單向度的現代文明，他持有一種謹慎卻堅定的質疑態度。有時這種質疑是通過對細枝末節的犀利解讀來表達的，比如西裝領帶，原是現代文明社會社交場合的必備衣飾，但是非馬卻別出心裁地見微知著，並發出嘲謔的嬉笑：「在鏡前／精心為自己／打一個／牢牢的圈套／／乖乖／讓文明多毛的手／牽著脖子走」。詩人的構思聰慧輕盈，風趣詼諧，讓讀者一笑之間得以反省現代文明的累贅與矯飾。

　　馬克思在其早期著作中指出：「物的世界的增值，同人的世界的貶值成正比」，「馬克思把這種資產階級的倫理叫做人的真

實本性的倒置，它把人貶作一個物品而且把人從他的根本人性中
異化出去。」[24]作為一個富有人道思想和批判意識的當代作家，
非馬的詩作致力於揭示現代社會的弊病和危機，剖析現代人的精
神困境，抨擊異化現象。而對於人的異化問題的反思，在非馬的
「鳥」、「籠」等幾個意象關係中得到了饒有意味的體現。

　　「鳥」是非馬十分鍾情的一個意象，在其詩中有著特別的意
義。鳥在人們心中往往喚起是自由的聯想，而非馬詩中，鳥兒不
再是自由的象徵，相反，它常常成為生命不自由的隱喻。在〈籠
鳥〉一詩中，鳥被「好心的他們」關進牢籠，荒誕的是，禁錮它
的人卻企圖聽到它「唱出自由之歌／嘹亮／而／動聽」。從某種
程度上說，鳥遭受禁錮的境遇正是現代人異化扭曲狀況的折射。
席勒曾經這樣描繪文明給近代人造成的處境：「人永遠被束縛在
整體的一個孤零零的小碎片上，人自己也只好把自己造就成一個
碎片。……他不是把人性印在他的天性上，而是僅僅變成他的職
業和他的專門知識的標誌。」[25]這樣的現代人類與關進鳥籠歌唱的
鳥其實沒有什麼兩樣。

　　鳥所具備的強烈的隱喻性，讓非馬對此意象產生了持久的
關注。他曾寫過兩首同名為〈鳥籠〉的詩作。早先的一首是這樣
寫的：「打開／鳥籠的／門／讓鳥飛／／走／／把自由／還給／
鳥／籠」。數年之後，詩人舊題重寫，稍有小小改變：「打開／
鳥籠的／門／讓鳥飛／／走／／把自由／還給／天／空」。這當
然不是空泛的文字遊戲，我們可以從中辨析詩人對自由命題的思
考軌跡。真正的藝術家和人文思想者總是會由衷地關注著自由這

---

[24] 賓客萊：《理想的衝突》，商務印書館1986年版，第69頁。

[25] 席勒：《審美教育書簡》，北京大學出版社，1985年版，第26頁。

一命題，非馬亦然。前一首詩，其實已經有其別緻之處，那就是結尾的「鳥」與「籠」的分行處理。我們常規的思維模式裡，鳥的飛翔代表著自由，那麼「讓鳥飛走」也就意味著把自由還給鳥，這自然是有道理的，但詩人並未停滯於此，而是將「籠」這個囚禁鳥的負面意象也賦予了悲劇色彩，這就有些出人意料。這首詩對於鳥和籠的關係的思考就產生了新意。修改版的〈鳥籠〉僅僅改了兩個字，但感覺已有很大不同，意涵也有所提升。天空被視為鳥兒自由飛翔的空間，然而，天空本身的自由難道就是自明的麼？非馬的詩句顯然否定了這種自明性。污染的大氣充斥的天空，也並非鳥的天堂。鳥、鳥籠和天空，三者的關係荒誕而曖昧，三者都是非自由的和異化的。自由是什麼？我想起北島的一句詩：「自由，就是槍口和獵物之間的距離。」

　　非馬的詩呈現了戰爭的苦痛，歷史的殘酷，以及異化的荒謬，以詩人的智慧和知識人的良知抨擊時弊，捍衛正義；「讓鳥飛走」，則讓人們感受到生命追尋超越的渴望，而且，唯有飛翔，才可能有超越，有苦難中的陽光。

發表：福建省台港暨海外華文文學研究會第二次會員大會暨學術研討會，
　　　1993.3。

閱讀大詩13　PG0826

 日光圍巾：非馬新詩自選集
第四卷（2000-2012）

作　　者	非　馬
責任編輯	鄭伊庭
圖文排版	郭雅雯
封面設計	王嵩賀

出版策劃	釀出版
製作發行	秀威資訊科技股份有限公司
	114 台北市內湖區瑞光路76巷65號1樓
	電話：+886-2-2796-3638　傳真：+886-2-2796-1377
	服務信箱：service@showwe.com.tw
	http://www.showwe.com.tw
郵政劃撥	19563868　戶名：秀威資訊科技股份有限公司
展售門市	國家書店【松江門市】
	104 台北市中山區松江路209號1樓
	電話：+886-2-2518-0207　傳真：+886-2-2518-0778
網路訂購	秀威網路書店：http://www.bodbooks.com.tw
	國家網路書店：http://www.govbooks.com.tw
法律顧問	毛國樑　律師
總 經 銷	聯合發行股份有限公司
	231新北市新店區寶橋路235巷6弄6號4F
	電話：+886-2-2917-8022　傳真：+886-2-2915-6275

出版日期	2012年10月　BOD一版
定　　價	400元

國家圖書館出版品預行編目

日光圍巾：非馬新詩自選集. 第四卷(2000-2012) / 非馬著.
 -- 一版. -- 臺北市：釀出版, 2012. 10
    面； 公分. -- (閱讀大詩；13)
  BOD版
  ISBN 978-986-5976-68-2 (平裝)

851.486   101017556

讀者回函卡

感謝您購買本書，為提升服務品質，請填妥以下資料，將讀者回函卡直接寄回或傳真本公司，收到您的寶貴意見後，我們會收藏記錄及檢討，謝謝！如您需要了解本公司最新出版書目、購書優惠或企劃活動，歡迎您上網查詢或下載相關資料：http:// www.showwe.com.tw

您購買的書名：_____

出生日期：_____年_____月_____日

學歷：□高中 (含) 以下　　□大專　　□研究所 (含) 以上

職業：□製造業　□金融業　□資訊業　□軍警　□傳播業　□自由業
　　　□服務業　□公務員　□教職　　□學生　□家管　　□其它_____

購書地點：□網路書店　□實體書店　□書展　□郵購　□贈閱　□其他

您從何得知本書的消息？

　　□網路書店　□實體書店　□網路搜尋　□電子報　□書訊　□雜誌

　　□傳播媒體　□親友推薦　□網站推薦　□部落格　□其他_____

您對本書的評價：（請填代號　1.非常滿意　2.滿意　3.尚可　4.再改進）

　　封面設計____　版面編排____　內容____　文／譯筆____　價格____

讀完書後您覺得：

　　□很有收穫　□有收穫　□收穫不多　□沒收穫

對我們的建議：_____

_____

_____

_____

11466
台北市內湖區瑞光路 76 巷 65 號 1 樓
秀威資訊科技股份有限公司　　　收
BOD 數位出版事業部

....

（請沿線對折寄回，謝謝！）

姓　　名：_____　年齡：_____　性別：□女　□男

郵遞區號：□□□□□

地　　址：_____

聯絡電話：(日) _____　(夜) _____

E - m a i l：_____